夜鳴き蟬

剣客太平記

岡本さとる

時代小説文庫

角川春樹事務所

目次

主な登場人物紹介

峡《はざま》 竜蔵《りゅうぞう》◆三田に師・藤川弥司郎右衛門近義《ふじかわやじろうえもんちかよし》より受け継いだ、
直心影流の道場を持つ、若き剣客。

竹中庄太夫《たけなかしょうだゆう》◆四十過ぎの浪人。筆と算盤《そろばん》を得意とする竜蔵の一番弟子。

お才《さい》◆三田同朋町に住む、常磐津の師匠。竜蔵の昔馴染み。

綾《あや》◆藤川弥司郎右衛門近義の高弟・故 森原太兵衛《もりはらたへえ》の娘。

眞壁清十郎《まかべせいじゅうろう》◆大目付・佐原信濃守康秀《さはらしなののかみやすひで》の側用人。

神森新吾《かみもりしんご》◆貧乏御家人の息子。竜蔵の二番弟子。

清兵衛《せいべえ》◆香具師《やし》。芝神明の見世物小屋〝濱清《はませい》〟の主。

峡 虎蔵《とらぞう》◆竜蔵の亡父。河豚の毒にあたり客死。
藤川弥司郎右衛門近義の高弟であった。

志津《しづ》◆竜蔵の母。竜蔵十歳の時夫婦別れ。中原大樹の娘。

中原大樹《なかはらたいじゅ》◆国学者。竜蔵の祖父。娘・志津と共に学問所を営む。

夜鳴き蟬

剣客太平記

第一話　夜鳴き蟬

一

その夜はとにかく暑かった。

どこかで蟬《せみ》が鳴いている。

「まさか……。こんな時分に鳴くたぁ、おめでてえ蟬だぜ」

この、うだるような暑さに悲鳴をあげているのであろうか。

峡竜蔵《はざまりゆうぞう》は〝夜鳴き蟬〟に興をそそられ、虫の音《ね》のする方へ吸い寄せられるように歩みを進めた。

——めでてえのは、おれも同じか。

ふっと笑う竜蔵は上機嫌である。

今は、本所出村町に住む母・志津《しづ》と、祖父・中原大樹《なかはらたいじゆ》を訪ねての帰りであった。

国学者である大樹はこの地に学問所を構えていて、志津は竜蔵の亡父・虎蔵《とらぞう》と夫婦《ふうふ》別れをした後、実家に戻り、大樹を手伝って暮らしている。

今日の訪問は、竜蔵がこの度、大目付・佐原信濃守康秀《さはらしなののかみやすひで》の屋敷へ、剣術指南として出稽古《でげいこ》に赴くことになった御礼言上のためであった。

この話が、かつて何度か佐原家に請われて、国学の講義に出向いた、中原大樹を経由してもたらされたものであったからだ。

直心影流《じきしんかげ》十代的伝《てきでん》。藤川弥司郎右衛門近義《ふじかわやじろうえもんちかよし》の内弟子であった竜蔵は、師の遺志で、三田《みた》二丁目の二十坪ばかりの道場を与えられ独立したのだが、それからの一年余りは、〝師〟と呼ばれるに、己ははなはだ未熟であると、出稽古の話などには見向きもせず、ひたすら己が剣と向かい合ってきた。

だが、自分に限りない愛情を注いでくれる大樹にもたらされた話となると断りきれぬ。また、そういう竜蔵の機微をついてまで、剣術指南に迎えようというのなら、ここは素直に佐原家からの誘いに応《こた》えるべきではないかと思ったのである。佐原信濃守の名声はかねがね聞き及んでいた。出稽古に何の不足もない。

慎んでお受け致しますと改めて頭を下げ、礼を述べた竜蔵に大喜びする、祖父と母の様子に心を洗われた竜蔵はそれゆえに上機嫌なのだ。

学問所を出た竜蔵は、新辻橋の船宿で船を仕立て、三田の道場に戻ったのだが、船中、昔馴染《なじ》みが赤羽根《あかばね》に小体《こてい》のそば屋を開いたことをふっと思い出し、芝口で船を降り、新堀川沿いに歩を進め、寄ってみようと思い立った。

その途中、岸辺の明き地にさしかかった時、思わぬ蟬の声を聞いたというわけだ。

そして、その〝夜鳴き蟬〟との遭遇が、竜蔵をとてつもなく強く恐しい剣客と、引き合わせるきっかけになろうとは――。

――やっぱり蟬だ。鳴いてやがるぜ。

竜蔵は木立ちの中へと踏み入った。

そこから、聞こえてきたのは紛うこと無き蟬の声である。

――こんなこともあるんだ。

蟬にも人と同じように変わり者がいるものなのだと、これに親しみを覚えた竜蔵であったが、蟬の鳴き声の向こうに、殺気だった男達が数人、駆けこんでくる気配がした。

――おっと、抜きやがったな。

淡い月の明かりに三本の白刃が煌《きら》めいた。竜蔵の顔が、蟬を追う少年のものから、剣客のそれにたちまち変わった。

争闘の場に、さらに踏み入ってみると、いずれかの大名家の士が三人、浪人風に抜き身を引っ下げ迫っている様子があった。

浪人風は刀も抜かず、それを静かに眺めている。

――こいつはできる。

竜蔵は唸《うな》った。浪人風の物腰に、寸分の隙《すき》も見られない。迫る三人とは、腕に格段の違いがある。

「たあッ！」

ついに、三人組の一人が踏み込んで、一刀を繰り出した。

「むッ」

浪人はそれを易々《やすやす》と見切って、体《たい》をかわすと、その刹那《せつな》抜き放った腰の大刀《だいとう》で一人の左脇腹を軽く払った。

だが何気なく振るったと見られたその一刀は確実に一人の家士に深傷《ふかで》を負わせていた。

どうっと、その場に崩れ落ちた同士を見て、残る二人の動きが止まった。

浪人風は息ひとつ乱すことなく、

「このおれを殺そうとて無駄なことよ……」

と、薄笑いを浮かべた。

うだるような暑い夜の空気を一瞬にして凍りつかせるような、冷徹で乾いた声であった。

虫の音が止《や》んだ——。

蟬は暑さに反応して鳴くという。

〝夜鳴き蟬〟も、浪人風の声音に寒気を覚えたのであろうか。

「おのれ……」

浪人風の威圧に身動きできない二人であったが、後には引けぬ武士の意地があるようだ。死に神に取り憑《つ》かれたように、刀を構えて決死の技を繰り出す気配——。

——このままでは二人共、あっさりと斬《き》られてしまう。

どちらに理非があるかはしれぬ。

だが、みすみす二つの命が消えてよいはずはない。

喧嘩《けんか》の仲裁で糊口《ここう》を凌《しの》いだことのある竜蔵である。思わず足が、争闘の場に踏みいっていた。

「待たれよ！　仲裁は時の氏神《うじがみ》と申す。まず刀を引かれい」

突如現れた〝時の氏神〟に、二人組は気合を乱され、木偶《でく》のように棒立ちとなり、まざまざと竜蔵を見た。

「どのような仔細《しさい》があるかはしらぬが、この御仁にかかったとて、無駄に命を落とすだけだ。それよりも、斬られたお連れを早く医者に診《み》せておあげなされ。今ならば、死なずにすむかもしれぬ」

と、二人を諫《いさ》め、さらに浪人風を宥《なだ》めた。

「貴殿も無益な殺生はおやめなされ……」

竜蔵のこの言葉に浪人風は、押し殺した不気味な笑いで応えると、

「この次出過ぎた真似《まね》をすると斬る……」

やがて、そう言い捨てて、闇《やみ》の中へと消えていった。

もう二人にはそれを追う気力は無かった。

「さあ、早く……！」

竜蔵は二人に倒れた一人を連れ帰るよう促した。左脇腹の傷口からは、血が溢《あふ》れ出ていた。

打ちかかれば確実に命はなかったという自覚が、二人の武士に襲いかかったのであろう。浪人風が去るのを呆然《ぼうぜん》として見送った二人は、竜蔵の言葉で我に返り、慌てて深傷を負って倒れている一人に駆け寄った。

その時には、竜蔵はもうその場から立ち去っている。

「いったい何故《なにゆえ》に斬り合いとなったのか……」

そのことを知りたくもあったが、わかったところで面倒に巻きこまれるだけのことである。

いずれかの家中の者が、主命を受けて、あの浪人風の命を狙《ねら》ったことは想像に難くない。

――それにしても、あの浪人……。

恐しいほどに強かった。

初めの一太刀は、襲撃者を殺さずその正体を確かめんと、わざと手加減をしたものだったに違いない。

じゃれつく子供をあしらうようなあの動きは常人のものではなかった。

思わず仲裁に入ったものの、あの浪人風がその気になれば、竜蔵ごと斬り捨ててしまうこととてできたかもしれぬ。

向こう見ずで負けず嫌いの峡竜蔵の総身に冷や汗が滲《にじ》み出ていた。

己《おの》が腕を誇り、思わぬ最期を遂げた剣客は何人もいたが、それはこういうことであったのかと、竜蔵は思い知らされたような気がした。

門弟三千人を数えた、藤川弥司郎右衛門の内弟子であった竜蔵である。

江戸の名だたる剣客の評判は一通り耳にしたし、目で確かめもした。

――だが、あの男は見たことがない。

ほんの一時、暗がりの中で顔を合わせたあの浪人風は何者なのか。痩身長軀《そうしんちょうく》で、頰《ほお》も目もくぼんでいたが、闇に放たれた眼光は、炯々《けいけい》として毒蛇の如《ごと》く人を射竦《いすく》める……。

名乗り合わず別れたことは幸いであったと思われる。

その反面、どこか子供扱いされたようで、

「この次出過ぎた真似をすると斬る……」

その捨て台詞《ぜりふ》をそのまま受け入れて、ただ見送ってしまった自分が腹立たしくもあった。

考えるうちに、竜蔵の足は寄り道を忘れ、勝手に道場に向いていた。

今すぐにでも己が剣を確かめたくなる、おかしな興奮を覚えていたのである。

最早《もはや》、蟬の鳴き声などどこからも聞こえず、ただ暑く寝苦しい夜が更けていこうとしていた。

二

「では、行ってらっしゃいませ……」

道場の腕木門《うでぎ》で、峡竜蔵を見送る竹中庄太夫《たけなかしょうだゆう》が、しかつめらしく畏《かしこ》まった。

〝夜鳴き蟬〟に導かれて、凄腕《すごうで》の剣客と遭遇してから二日後の朝のことである。

己が腕では後れを取っていたやもしれぬ謎《なぞ》の剣客との出会いの衝撃は、竜蔵の心の内になおも消えずに燻《くすぶ》っていたが、いつまでもそのようなことに思いを巡らせていてはいられなかった。

いよいよ、今日から竜蔵は、大目付・佐原信濃守の屋敷へ、出稽古に赴くことになった。

そこで、峡道場の留守を預かる四十二歳の門人・竹中庄太夫は、これを儀式と捉《とら》えて、仰々《ぎょうぎょう》しく振る舞っているのである。

「先生、やはり御一人で……」

庄太夫の横で、少し恨《うら》めしそうに、神森新吾《かみもりしんご》が言った。

あの〝雨宿り〟の一件で、小普請《こぶしん》御支配・北村主膳《きたむらしゅぜん》の一子・和之進《かずのしん》が、剣術指南・桑野益五郎《くわのますごろう》の厳しい稽古に耐え兼ねて、これを闇討ちにしようという暴挙に出た。

貧乏御家人の息子で、小普請組からの脱却を親から望まれ、和之進の取巻きとなっていた新吾であったが、そういう馬鹿息子に取り入る暮らしに嫌気がさし、桑野暗殺の企みを告発した後は、その人となりに大いに心惹《ひ》かれた峡竜蔵に入門を乞《こ》い、竜蔵も新吾の生一本《きいっぽん》な性分を気に入りそれを認めた。

以来、毎日のように新吾は道場に通ってきているのである。

剣術修行に励まんとするためではなく、男として惚《ほ》れこんだ峡竜蔵の軍師、執政を気取りたくて入門した竹中庄太夫に対して、神森新吾はまだ十八である。

とにかく剣術に打ち込み強くなりたい。

新吾のやる気を見てとった、新吾の父・文蔵《ぶんぞう》は、今では北村家の知行地《ちぎょうち》に幽閉されている愚かな和之進の取巻きになれなどと息子に望んだ自分を恥じて、

「何卒《なにとぞ》、倅《せがれ》をよしなに……」

と、四十俵取りの貧乏所帯から、束脩《そくしゅう》の金二分《ぶ》と、月謝を二朱工面して、竜蔵に挨《あい》拶《さつ》をしに来た。

新吾の歳《とし》に、父・虎蔵を失った竜蔵は、新吾を想《おも》う文蔵の親心に胸を打たれ、束脩は受け取らず、神森家の顔を立てる意味で、二朱を一年分の謝礼として受け取った。

そういう父と師の恩に報いんと、新吾はとにかく張り切っていて、峡竜蔵の供をし

て、佐原家の稽古に自分も参加したいと、密《ひそ》かに願っていたのである。

「新吾、お前の逸《はや》る気持ちはわかるが、出稽古と言ったって、今のおれじゃあ、佐原様の御屋敷の道場に彩《いろどり》を添えるくらいのもんだ。供連れなんぞはおこがましいし、まだお前の腕くれえじゃあ、行ったところで役に立てねえよ……」

新吾の思いを見透かした竜蔵は、しばらくの間、この道場で黙々と稽古を積むように言い置いて、いかにも彼らしく、遊山《ゆさん》にでも出かけるような気楽さで道場を後にしたのである。

佐原邸は、氷川明神《ひかわみょうじん》から程近い赤坂清水谷《しみずだに》にある。

三田二丁目の峡道場からはさほど遠い所ではない。女子供なら小走りでないとついていけない竜蔵の速歩なら、すぐに着く。

さすがに五千石の大身《たいしん》である。立派な長屋門を構えた屋敷は、大名屋敷にも見劣りはしない。

木太刀、竹刀《しない》、防具一式――佐原家の方で用意をしてくれている。

さして道具にこだわりのない竜蔵は身ひとつの気楽な姿である。

とはいえ、無礼があってはならぬと、母・志津から贈られた夏羽織をきっちりと着用していて、見た目はいかにも武張《ぶば》った剣客風だが、二十歳《はたち》前に町場で暴れ回っていた竜蔵のこと、その中にもそこはかとなく洒落《しゃれ》た風情が窺《うかが》える。

「物申す……」

御勝手門で案内を請う時、思わずいつもの癖で片手拝みが出た。

「何用にござる……」

門番が怪訝《けげん》な顔で竜蔵を見た。

「何だこいつは……」

門番の言葉にはそういう響きが含まれている。それが竜蔵には気に入らない。

大目付を務める家の家来であることを、こ奴は鼻にかけているならとんだ料簡違《りょうけんちが》いだ。ましてや、門番は竜蔵より少し年若ではないか。

「武芸場に来いと言われてな……」

むすっとした言葉を門番に放った。

「武芸場……」

竜蔵の語気には迫力がある。

すっかりと気圧《けお》された様子の門番は、思い入れの後、あっと気付いて竜蔵を見た。

「直心影流・峡竜蔵でござる」

すかさず、竜蔵は大仰に頭を下げてやった。

「あ、あ、その……」

今日から屋敷に出入りする、その剣客の名は聞かされていたのであろう。門番はしどろもどろになった。

「ようこそ、お越し下さりました……」

そこへ、門番に助け船を出すように、一人の侍がやって来て、にこやかに竜蔵に一礼した。

その侍の顔を見た途端、竜蔵は破顔した。

――そうか。そうであったのか。

竜蔵はこの侍の顔も発する声もしっかりと覚えていた。

「当家にて側用人《そばようにん》を務めております る、眞壁清十郎《まかべせいじゅうろう》にござります る」

「ほう、それはそれは……。何卒よしなに……」

竜蔵がおかしそうに笑うのを見て、清十郎は少し首を傾《かし》げて、

「はて、某《それがし》の顔に何かついておりますかな」

と、恍《とぼ》けた表情を見せた。

「いや、これは御無礼仕《つかまつ》った。貴殿がある人にあまりに良く似ているゆえ……」

「某に似た人……」

「この竜蔵には、昔馴染の妹分で、お才《さい》という常磐津《ときわず》の師匠がおりましてな、そのお才の弟子の眞木《まき》という御仁に、真《まこと》よう似ておられる……」

「ほう……」

からからと笑う竜蔵を見て、清十郎は小さく溜息《ためいき》をついたが、すぐににこりと笑って、

「武芸場まで、御案内仕る……」

竜蔵を邸内へ請《しょう》じ入れた。

長年の知己の如く、肩を並べて歩く二人を見て、門番はわけがわからず、ただ目を丸くして見送るばかりであった。

峡竜蔵と眞壁清十郎は、既に何度も会っている。

不思議とよく行き合う深編笠《ふかあみがさ》の侍――竜蔵はこの侍から漂う恐ろしい剣気に、もしや自分を狙う者かとも思い、ある日これを呼び止め問いつめた。

深編笠の侍は竜蔵の疑念をきっぱりと否定し、その証《あかし》にと、〝夫婦敵討《かたきう》ち〟の一件で、相変わらず笠に顔を隠したまま、不良浪人に道場を襲われた竜蔵の助太刀《すけだち》に現れ、そしてまた風のように去っていったのである。

だが、偶然にお才の家の前で、〝眞木〟というあの深編笠と同じ声音をした、下手くそな常磐津の弟子を見かけた時、

「おぬしが、おれではなく、お才の様子を窺っていたことに気付いたのだ」

武芸場に案内されるまでの間、竜蔵は清十郎にあれこれ問い質《ただ》した。

詰問口調ではない。いつしか互いの剣に惹かれあった者同士の声はどことなく弾んでいた。

「そうであったか。これは不覚でござった。常磐津の稽古の帰りを、峡先生に見られていたとは……」

清十郎は最早、自分が深編笠の侍であったことも、眞木という名でお才に常磐津を習っていたことも隠さなかった。

いつか邂逅《かいこう》ある時は、深編笠に顔を隠していたとて、声も剣の太刀筋も知る峡竜蔵には、しらばくれることなどできぬと思っていたのである。

「おぬし、お才に惚れているのか……」

竜蔵は左の肘《ひじ》で、つんと清十郎の右の二の腕を突いた。

「惚れているなどと……」

「隠すことはない。おれとお才がどういう間柄か気になっていたのだろうが、もうわ

かったはずだ。お才はおれのまあ何というか、無茶をしていた頃の思い出を分かちあう、妹みたいなものでな。惚れたはれたじゃあねえんだよ」

色恋の話となって、竜蔵の口調がくだけてきた。

これはどう見ても、剣術指南に来た侍ではない。

「お待ち下され……」

清十郎は、きりりとひきしまった口を少しとがらせて、竜蔵の問いかけを否定した。

歳恰好《としかっこう》、背恰好、共によく似た二人であるが、生まれながらの荒くれ剣客である竜蔵と違って、幕閣の要職・大目付の側用人を務める清十郎は、爽《さわ》やかな面持ちの中に律々《りり》しさを忘れぬ生真面目《きまじめ》さが身上――。

「某の二親は既に他界致したが、浪人の身で落魄《らくはく》した折、お才殿の母親に随分と世話になったとのことで……」

それを聞かされて育った清十郎は、佐原信濃守の側用人を務める身となって後、浅草で常磐津の師匠をしていたという、〝お園《その》〟という女を訪ねたところ、お園は既にこの世になく、娘のお才が三田で独り暮らしていると聞いた。

「それで、幸せに暮らしているならよいが、困っていることがあるならば、これを助け、父母の供養にせんと……」

「そっと姿を見守っていたってえのかい」

「所用に出る折、殿にお許しを頂戴《ちょうだい》致し……」

「そんなまどろっこしいことをせずに、名乗りゃあいいだろうよ」

「お才殿は、某の二親のことは知らぬはずだし、今さらこれを持ち出しても、何のことやらしれぬであろうし、口説き文句ととられては困る」

「宮仕えの身が、ちょっと色っぽい常磐津の師匠と怪しくなったら身分に関《かか》わると」

「そういうわけでもござらぬが、人は陰徳を積むことが大事との父の教えでござってな」

「人知れず徳を積む……か」

竜蔵はまだ疑わしい。

実際、清十郎がお才の様子を窺っていたのは、大目付・佐原信濃守からの主命ではなかったか……。

だが、そのようなことは、男二人の間で、最早どうでもよくなってきている。ゆえにこの真相は後に語ることにしよう——。

竜蔵は、剣が冴《さ》え、律気で、生真面目さが何とも滑稽である清十郎にえも言われぬ親しみを覚えていたし、その清十郎もまた、己が剣を追い求め、一剣客として生きていく峡竜蔵を羨《うらや》ましく思い、優しくて、豪放磊落《らいらく》なその気性は、自分が持ち合わせていないものだけに心惹かれていた。

「初めのうちこそ、お才殿の様子を窺っていたのでござるが、そのうちに、峡竜蔵という剣客にすっかりと惚れこんでしまいましてな」

当屋敷の出稽古に招くよう、主君の佐原信濃守に進言したのだと清十郎は言った。

「それはありがたいが、おれを呼ぶまでもなく、おぬしが稽古をつければよいというものだ」

「いや、某は当家にて側用人を務める身。剣術は嗜《たしな》みにすぎませぬ」

「あれで嗜みなどと言われると、こっちはもうお手上げだ」

「お手上げなどと、心にもないことを……。某は峡先生に稽古をつけて頂くのを楽しみにしておりまする」

「おれも、おぬしと稽古ができるとはまったく楽しみだ。当家の出稽古をお受けした甲斐《かい》があったというものだ」

「それならばようござった」

「だが稽古の前に言っておく」

「何でござる」

「おれのことを峡先生などと呼ばずにいてもらいたい。先生などと呼ばれると、どうもむずがゆい」

「いや、しかし、先生は先生でござる。ここは何としてもむずがゆさに耐えて頂きとうござる」

「おぬしも頑固だな」

「先生ほどでもござらぬが……」

「わかった、武芸場ではよいとしよう。だがおぬしと二人の時は先生と呼ばれても返事はせぬ」

「それならば畏まってござるが……、何と呼べばようござる」

「竜蔵……。が言いにくければ竜さんとか」

「では、竜殿ということに」

「まあいいや、それで手を打とう」

「忝《かたじけな》い」

「その堅苦しい喋《しゃべ》り方もやめてくれ。いいか、おれはおぬしとは、友でいたいのだ」

竜蔵は悪戯《いたずら》っ児《こ》のような笑みを、清十郎に向けた。

「友などと……」

畏れ多いことだと言わんばかりに、清十郎は口ごもった。

それがこの男の精一杯の喜びの表現であることを、竜蔵はわかっていた。

お才を通じて知り合った二人は、今、お才そっちのけで、友情を育《はぐく》もうとしていた。

広大な敷地とはいえ、御勝手門から、武芸場のある玄関脇まではいかほどの道のりでもない。

その間を並んで歩いただけで深まる男の友情もある。

男というものは本当に無邪気なものだ——。

お才が今の竜蔵と清十郎の様子を見れば、そう言って笑ったであろうか。

「ところでお才殿にこのことは……」

「わかっているよ。陰徳を積みたいんだな。黙っておくよ」

「忝い」

「ほら、また堅苦しいや」

二人はふっと笑い合った。

「時に、御勝手門の番士が何か粗相でも」

「粗相ってほどのもんじゃねえんだがな。ちょっと愛相の悪い野郎だったんでからかってやろうと……」

「愛相がよくては番人は務まるまい」

「まあ、それもそうだが、人が寄りつかなくなりゃあ、佐原の御家は栄えねえぜ」

「なるほど……。だが、御勝手門に竜殿のような男が片手拝みで入ってくれば、何者かと疑っても仕方があるまい。某が通りかかったゆえによかったが、何故、表門を訪ねてくれなんだのか……」

「どうも晴れがましいのは苦手でな」

「訪ねる者、迎える者、それぞれの立場をわきまえることは大事だと思うがな」

「わかったよ。やっぱり宮仕えしている御方は言うことが違うねえ……」

武芸場の前に着いた時には、この二人――言葉の掛け合いも調子が良く、すっかりと打ち解けていたのであった。

三

その日、竜蔵は二刻（約四時間）ばかり、佐原邸の武芸場で汗を流した。

「先生、よろしく頼むよ……」

当主・佐原信濃守は竜蔵を迎えると、膨《ふく》よかな顔を綻《ほころ》ばせ砕けた口調で声をかけてきた。

旗本五千石にして、大目付の重職を司《つかさど》る信濃守が、このような親しみ易い人だとは思ってもみなかった竜蔵は、恰幅がよく、大きな眼《め》の奥に鋭い輝きを秘めつつも、町場の兄貴分を思わせる温かさで、人の心を引きつけるこの殿様に、たちまち心服してしまった。

——噂《うわさ》通りの大した御人だ。

出稽古の誘いを受けてよかったと、家中の士達に稽古をつける意気も高まり、竜蔵の体の動きは最後までまるで衰えなかった。

佐原家の侍、若党は皆、なかなか剣を遣ったが、峡竜蔵の勢いのある剣捌《さば》きにはついていけず、その強さに感嘆したものだ。

あれこれ職務繁多の眞壁清十郎は、稽古が終わる頃に武芸場に入り、面、籠手《こて》をつけて、竜蔵に地稽古を望んだ。

互いに激しく打ち合うその稽古の様子は、特に際立った。佐原家の士達は、清十郎の腕のほどを知っているので、興味津々にそれを眺めていたが、実力ある者同士の打ち合いというものは、弱い者同士の稽古と比べて、別世界から剣士が降臨したのではないかというほどの違いがある。

武芸場はしばし、見る者達の溜息に包まれた。

何よりの満足を得たのは、当の竜蔵と清十郎であった。

強い相手に、思い切った技を仕掛けて、己が腕の上達を確かめる——これこそ、防具を着けてする稽古の醍醐《だいご》味《み》である。

結局、二人共大いに己が剣の可能性を確かめつつ、竜蔵が二本、清十郎が一本を決めて、稽古を終えたのだが、

——清十郎め、おれを立てようとして、わざと一本譲りやがったに違いない。

心地よい脱力感の中、竜蔵は胸の内で毒を吐きながら、今日の稽古の充実を覚え、やがて佐原邸を辞したのである。

交剣知愛——。

竹刀、木太刀を交えることで、互いに理解を深める。

この日、峡竜蔵は眞壁清十郎という友を得た。

——ともかくよかった。

表門から屋敷の外へと出た、竜蔵の口許《くちもと》は緩みっぱなしであった。

当主の佐原信濃守も大人物だし、その家来の眞壁清十郎もいい。武芸場も手入れが行き届いていたし、三田二丁目の道場の倍ほどの広さで使い勝手もちょうど良い。

月に三度の教授で一両の金子《きんす》が支給されることになった。

侍に金納など無礼である。きっちりと俸禄《ほうろく》を定めるべきだと、〝お堅い〟清十郎は言ったが、出稽古の折に金子で受け取るのが竜蔵にとっては気楽でよかった。

そして、その一両は今懐の内にある。

剣に生きる者が、正当な剣の使い途《みち》によって金銭を得る。そのことの何と気持ちがよいことか――。

――親父殿《おやじどの》、とにかくこれで、剣に打ち込みながら食っていくことができまするわ。

竜蔵は心の内で亡父・虎蔵に呼びかけた。

明日の米をいかにして得るか――それが剣客にとって何より大事なことだと、虎蔵は生前、口癖のように竜蔵に言い聞かせていた。

「どれほどの奥義を秘めた剣客とて、何か食わねば死んでしまう。人とはどうも間抜けたものよ……」

一人の剣客として生きてみると、虎蔵が息子に遺《のこ》した言葉は何とも含蓄がある。

酒好き、女好き、喧嘩好き……。破天荒な虎蔵に反発を覚えた頃もあったが、そんな風に息子に説教をしながらも、自分自身が旅先で河豚《ふぐ》の毒にあたって死んでしまった間抜けさが、今思えば何とも愛敬があり、いとしく思われるのである。

「明日の米を手に入れたのはいいが、野山に住む強え狼《おおかみ》も、餌《えさ》をもらって飼い馴《な》らされりゃあ犬になる。剣客ってものは犬になっちまっちゃあいけねえんだ」

だが、父親を懐かしんだのも束《つか》の間。あの世からこんな戒めの言葉が返ってきたような気がした。

――いけねえ、いけねえ。

安定は男を骨抜きにしてしまう。

たとえ、楽しい出稽古になろうが、思うところがあれば、いつでも月一両の金をふいにして己が剣を貫く――その覚悟を、竜蔵は改めて胸の奥底に誓った。

緩んだ口許をきゅっと引き締めた時。

ちょうど御勝手門の前を通りかかっていた。竜蔵の目に、先ほどの門番の姿がとびこんできた。

番士達は皆交代で、武芸場での竜蔵の稽古の様子を〝見取り稽古〟していたから、この門番も峡竜蔵なる剣客の強さをはっきりとその目で見たのであろう、竜蔵の姿を見るや、あたふたとして畏まった。

「おう、さっきはすまなかったな。この先はおれのことを覚えておいてくんな」

竜蔵は、来た時と同じように片手で拝んでみせた。

門番は、よもや忘れることなどございませぬと、さらに畏まって小さくなった。

笑顔で通り過ぎつつ、元より気のいい竜蔵は、この門番が少し気の毒になり、遠くの角に、鰻《うなぎ》の辻《つじ》売りが出ているのを見て、それに寄って出前を頼んでやった。

「あすこの門番に、折を見て峡竜蔵からだと言って、二串《くし》届けてやってくれねえかい」

「へい、承知致しやした！」

辻売りは、遠目に門番を見て、

「そいつは喜びますよ。小野《おの》さんは鰻が大好きでやすからねえ」

と、人の好《よ》さそうな笑顔を竜蔵に向けてきた。

――奴は小野てえのかい。今度通りかかったら、小野殿……。なんて言ってやろう。

などと企みつつ、先ほど佐原邸で、塩鯖《しおさば》と、長芋に菜を加えた汁とで中食《ちゆうじき》に与《あずか》ったものの、甘辛く香ばしい、鰻の匂《にお》いに耐えかねて、竜蔵は自らも串を注文し、かぶりついた。

濃厚で脂ののった鰻の味が口いっぱいに広がった時――御勝手門から深編笠を被《かぶ》った侍が一人出て来た。微《び》行《こう》姿であっても竜蔵にはそれが誰かすぐにわかる。

――あれは、眞壁清十郎じゃねえか。

もしや、これから常磐津の師匠、お才の下へ行こうというのか。

――いや、それならこっちへ向いて歩いて来るはずだが。

いずれにせよ、奴が深編笠を被って出かけるのだ。これは何かあるに違いないと、竜蔵は大いに興をそそられ、

「そんなら親爺《おやじ》、あいつに串を頼んだぜ。釣りは出前の手間賃だ……」

充分過ぎる代を辻売りに渡し、串を片手に清十郎の後をつけたのであった。

――やはり常磐津の稽古に行くんじゃあねえようだな。

先を行く眞壁清十郎は、武家屋敷街を西へ、青山の方へと向かっている。

お才の稽古場に行くなら、もう清十郎とは知らぬ仲でもない。何くわぬ顔をしてお才を訪ね、驚かせてやろうと、悪戯心を働かせていた竜蔵であった。

しかし、深編笠の清十郎は、大凡《おおよそ》お才とは無縁の所へと向かっているようだ。

――そりゃあそうだろうよ。おれと会ったその日に、常磐津の稽古に行くはずはねえやな。

竜蔵は、相変わらず自分のすることは子供じみていると苦笑いを浮かべつつ、それでも、後をつけるのをやめなかった。

次第に、清十郎の体から発する、独特の剣気を覚えたからである。

眞壁清十郎は、大目付・佐原信濃守の側用人を務めている。

大目付というと、大名、高家《こうけ》、朝廷の監察などを司る役職であるから、その秘書官にして剣の遣い手である清十郎が、深編笠に顔を覆い、微行姿で単身市中を歩くということには、何やら緊張が漂う。

もしも、ことが起これればまず友情の印に助太刀をしてやることもできよう。

竜蔵はそう思ったのだ。

その眞壁清十郎は、原宿村へと向かっていた。

原宿村は、美濃《みの》郡上《ぐじょう》四万八千石の大名・青山家の広大な下屋敷と、通称・麻布観音で知られる補陀《ほだ》山長谷寺《さんちょうこくじ》に挟まれた、田畑が広がる百姓地であった。

蟬時雨《しぐれ》が喧《かしま》しい真夏の昼下がり——。

猛暑の中を道行く清十郎の挙作動作は、どこまでも涼やかだ。

小川の辺《ほとり》に立ち並ぶ柳《やなぎ》の下で、清十郎の足が止まった。

田畑の間の荒れ地の向こうに、小さな百姓家を改造したような、剣術道場らしきものが見える。

道場の周囲は背の低い生垣で申し訳程度に仕切られてあるだけで、開け放たれた障子戸の向こうにただ一人で立っている剣客の姿を容易に見ることができる。

清十郎の目は、その剣客に注意深く向けられているようだ。

当然、その様子を窺う竜蔵の目も、道場に向けられる。だが、竜蔵が立っている所は、清十郎からさらに半町（約五四・五メートル）ばかし離れている、地蔵堂の蔭《かげ》である。

清十郎の勤めの邪魔にもなるまい。

百姓家の剣客に興味を覚えた竜蔵は、隠れんぼもこれまでだと、偶然に出会ったかのような表情を作り、堂々たる足取で清十郎の方へと歩み寄った。

何より、この炎天下、清十郎が佇《たたず》む柳の木蔭が恋しかった。

「これは奇遇だな……」

いけしゃあしゃあと声をかける竜蔵に対して、深編笠の下から溜息が漏れた。

「何が奇遇だ……。こんな深編笠を被った男に出会っていきなり言う言葉か……」

「うむ……。そうか……。それもそうだったな……」

竜蔵は頭を掻《か》いた。

傍目《はため》には、偶然行き合った二人に見えるよう気を配ったつもりであったが、深編笠の侍が清十郎であることを初めからわかっている、竜蔵ならではの言葉であった。

「すまぬ……。おれとしたことが思わぬ不覚であった」

「まったく、この暑い中をつけてくるとは、何ともおめでたい男だな、竜殿は……」

「おう、早速竜殿と呼んでくれたかい」

「そんなことはどうでもよい。今は某も役儀の最中。このまますれ違ってもらいたい」

「そんな冷たいことを言うなよ。清さんの様子を見ていると、何やら大変な御役のようだ。このおれが居たって邪魔にはなるめえ」

「途中、気がついた時に、帰らせるべきであった……」

「何だい、気付いていたのかい。さすがは清さんだ」

「そのうちに馬鹿らしくなって帰ると思っていたのに、不覚であった……」

脳天気な竜蔵を前に、清十郎はまたも溜息をついた。

「いいじゃねえか。どうせ、おれ達のやり取りなんて、誰も見てやしねえよ」

辺りは、遠くに野良仕事に勤《いそ》しむ百姓の姿がちらほら見えるだけの、まことに長閑《のどか》なものである。

「それに、清さんの御役目の中身まで詮索《せんさく》するつもりはねえしな……」

竜蔵はそう言って、百姓家の剣客を、柳の木蔭からそっと見た。その辺からなら、間に荒れ地の草叢《くさむら》を挟んでいるが、剣客の姿がはっきりと確かめられた。

剣客は、ただ黙って百姓家の内の道場に静かに立っている。

「まさか、あの侍……」

痩身長軀、くぼんだ目が何とも言い難い不気味さを漂わすその剣客には、見覚えがあった。

その時――百姓家の道場の侍が、腰の刀を抜き放ち、見事なる居合抜きの一刀を虚空に薙《な》いだ。

たちまち再び鞘《さや》に納められた白刃が辿《たど》った太刀筋は、あの〝夜鳴き蝉〟に誘われて、芝の新堀川沿いの明き地で見せつけられた、あの恐しく強い浪人風の男が放った一刀と同じものであった。

竜蔵の背筋に、あの夜覚えた戦慄《せんりつ》が、冷たいものとなってはしった。

「竜殿……、あの侍を知っているのだな……」

竜蔵の表情の変化を素早く見てとった清十郎が、低い声で言った。

「知っているというほどのものではないが……」

竜蔵は、あの浪人風の強さを知るだけに、注意深く柳の木蔭に姿を隠して、あの夜見た一部始終を清十郎に話した。

「そうか……。竜殿は、あ奴が斬り合うところをその目で見たのか……」

清十郎は、今、百姓家の道場で剣客が放った居合の一刀を竜蔵と共に見ていた。それゆえに、その剣客の腕の確かなことをわかってはいたが、竜蔵のように真剣で立ち合う姿は見たことがないらしい。

負けず嫌いの竜蔵でも、勝てる気がしなかったと聞かされて、

「つまるところ、某が立ち合うても敵《かな》わぬということだな……。竜殿、よい話を聞かせてもらった。このまますれ違ってもらいたいと言ったが、これにて退散致すとしよう……」

と、竜蔵を促して歩き出した。

「清さん、いってえ奴は何者なんだい……」

肩を並べて歩きつつ、竜蔵は未《いま》だ深編笠を被ったままの清十郎に問うた。

清十郎は一瞬、戸惑う様子を見せたが、すぐに思い直して、

「当家の剣術指南であり、この眞壁清十郎を友じゃと言うて下された峡竜蔵殿ゆえに申し上げる……。くれぐれも他言無きよう願いまする」

と、笠の下から威儀を正した声音で言った。

「堅苦しく言わねえでも、命をかけて他言はしねえよ」

友と見込まれて意気に感じぬ竜蔵ではない。

男っぽい竜蔵の気質を頼り、清十郎は、主・佐原信濃守から下された密命をとつとつと語り始めた。

相変わらず蟬時雨は止まず、件《くだん》の剣客が居る百姓家の道場は、歩く二人の視界から既に消えていた……。

四

「あの侍は、加治木軍兵衛《かじきぐんべえ》という剣客で、竜殿が仲裁に入った相手の三人は、舟形家《ふながた》の家来と思われる……」

眞壁清十郎の話によると——。

舟形家は、出羽の内で三万石を領する小大名である。

当主・伊予守は性穏やかであるが、代々続いた生まれながらの殿様で、政務の方は殆《ほとん》ど家来に任せきりの凡庸な人物であった。

そういう家では、国家老や城代《じようだい》家老が実権を握り専横を極めることが間々あるものだ。この舟形家でも殖産興業を成功させ、御家の財政再建に功があった、伊吹三右衛門《いぶきさんえ》門《もん》なる中老が、宿老《しゆくろう》達を隅に追いやり次第に権勢を強めることになった。

人間というものは、一度上から下へと人を見るようになると、伊吹ほどの切れ者でも、簡単に権力と金の亡者になってしまうようである。

伊吹はそのうちに不正に私腹を肥やすようになり、自分に異を唱える者を容赦なく弾圧する、舟形家にとっては獅子《しし》身中の虫へと変貌《へんぼう》していった。

反伊吹を掲げる老臣達は、これによって家中に内紛が起こり、それを公儀に咎《とが》められ、御家御取り潰《つぶ》しの憂き目を見ることを恐れた。

そして行き着いた答えは、人知れず、伊吹を誅殺《ちゅうさつ》することであった。

しかし、この伊吹三右衛門――用心深い上に、若年の頃は江戸で起倒《きとう》流を修めた剛の者で、伊吹と互格に立ち合える者は家中にいないと言われていた。

仕損じれば、腕も度胸もある男のことである、捨て身となって公儀に訴え出られたら、御家の存続に大きな障害となるは必定《ひつじょう》……。

そこで宿老派が目を付けたのは、国表《くにおもて》の城下に逗留《とうりゅう》していた加治木軍兵衛なる腕利きの剣客であった。

軍兵衛は寄宿している寺の一隅にて、時折見事な抜刀の技を町人、百姓に披露し、噂を聞いてやってきた、ここの家中の士達へ剣術を指南するようになっていた。

宿老達は舟形家剣術指南役として高禄で召し抱えることをちらつかせ、伊吹誅殺の助太刀を軍兵衛に持ちかけ、これを引き受けさせることに成功した。

そして、驚くべきことに、加治木軍兵衛は助太刀ではなく、ただ一人で伊吹三右衛門を討ち取った。

「こういうことは一人の方が、かえって楽でござる……」

軍兵衛は不敵な笑みを浮かべこう言い放つと、荷車を引く百姓に扮《ふん》して、荷台に隠し置いた大刀を手に、単身伊吹邸の勝手口から中へと討ち入った。

相手が一人であること、軍兵衛が家中の士でなく、顔に馴染みがなかったことが、伊吹邸に詰めていた侍達の油断を生んだ。

それに乗じた軍兵衛は、無造作に刀を抜くと、邸内に居た侍を一人、また一人と、稲を刈るような気楽さで斬り倒し、あっという間に、伊吹の命を奪ったのであった。

なまじ腕に覚えがあったがために、加治木軍兵衛と刃《やいば》を交えたのが、伊吹三右衛門にとって運の尽きだったと言えよう。

「なるほど、あの男ならやり兼ねん……」

原宿村の農道を歩きつつ、眞壁清十郎の話を聞く峡竜蔵は嘆息した。

起倒流の達人であったゆえに、加治木軍兵衛に剣をもって応じ討たれてしまった伊吹三右衛門――その姿に、夜に蟬が鳴いたあの日、〝仲裁は時の氏神〟としゃしゃり出て、抜き身を引っ下げた軍兵衛に対峙《たいじ》した自分の姿が重なり、竜蔵は何とも嫌な思いに襲われたのだ。

「だが清さん、加治木軍兵衛が伊吹っていう重役を斬ったことで、家中の風通しはよくなったんだろう」

「ああ、伊吹は失政の責めを負い切腹したことにして、家中心をひとつにして、改革に動いたそうだ」

「それなのにどうして、軍兵衛の命を狙うんだ。他人に手を汚させておいて、用が済んだら口封じかい」

「いや、今度は加治木軍兵衛が、舟形家を強請《ゆす》り始めたのだ……」

軍兵衛は、伊吹邸に斬り込んだ時、伊吹の専横の証拠を私的に押収していた。さらに、表向きは切腹したことになっている、伊吹三右衛門誅殺の一部始終を知っているわけであるから、舟形家としては次第にこの男の存在に頭を悩ますことになった。

事件後、舟形家は、宿老達が伊予守に進言し、加治木軍兵衛を新知百石・剣術指南役として迎えた。

三万石の小大名のことである。厚遇したつもりであったが、元より軍兵衛は田舎《いなか》の小大名の家来に安住するつもりはなかったようだ。

やがては江戸へ出て道場を開き、中央剣界に名を馳《は》せたいと、野望を胸に秘めていた。

軍兵衛にとって舟形家は、そこに至るまでの間の金蔓《かねづる》でしかなかったのだ。

「なるほど、そいつは性質《たち》が悪いや」

話を聞いて竜蔵は顔をしかめた。

「左様、まったく性質が悪い。舟形家を小大名と侮り、金品を要求し、勝手に江戸へ出て、あれに仮住いの道場を構えた」

「そのうち、どこか目立った所に、でんと大層な道場を構えるつもりゆえ、その金を出せってか」

「そういうことだ……」

舟形家の方も、遂に堪忍袋の緒が切れ、三名の練達の士を差し向けたのであるが、見事に返り討ちにあったのである。

「竜殿は、そこに出くわしたというわけだ」

思えば、伊吹三右衛門すら、他人の手を借りねば討てなかったのである。

その伊吹をいとも簡単に討ち取った加治木軍兵衛を何として討てるものか。

国表ならまだしも、この先、将軍家御膝下《おひざもと》で血で血を洗うようなことになれば、それこそ御家の恥辱、御上《おかみ》への覚えがよいはずはない――。

宿老達はついにすべてを伊予守に打ち明け、伊予守は、腹を決め、密《ひそ》かに老臣を、大目付・佐原信濃守の許へ遣わし、事情を打ち明けた。

大目付は、大名の動きを監察する役目にあるが、信濃守は断罪するだけではなく、大名家の中で起ころうとしている問題が表沙汰《おもてざた》にならぬうちに、これを治めることに合力することもまた、大目付の仕事だと、日頃公言している。

舟形家は、信濃守の男気に恥を忍んで縋《すが》ったのである。

「それで清さんは、まず加治木軍兵衛の品定めをしようと……」

竜蔵の問いに笠の内で清十郎は大きく頷《うなず》いた。

「それで、どうするつもりだったんだい」

「斬って捨てようと思った……」

「清さんの御役目も大変だな」

「いや、やり甲斐のある御役目と思っている」

加治木軍兵衛は、上州《じょうしゅう》の百姓の子に生まれた。子供の頃から乱暴者であったのを二親は憂い、性根を叩き直してもらうつもりで、法神《ほうしん》流の剣術道場に入れたところ、元より剣の才があったのか、めきめきと腕を上げ、たちまち一廉《ひとかど》の剣客となった。

しかし、軍兵衛にとって剣の道とは人を斬ることであり、斬った人の数だけ、剣が上達すると信じていた。遂には関東一円の博徒の用心棒としてその争闘に身を置き、己が剣を磨くに至ったという。

「つまり奴は剣客ではなく、人斬りだ。斬って捨てねば、この先、奴のために何人もの人が死ぬ。だが、人知れず奴を斬ることは至難の業のようだ……」

清十郎が受けた衝撃は大きかった。

「奴とて隙はあるだろう。たとえば、酒に酔っている時とか……」

「加治木軍兵衛は、一滴も飲めぬそうだ」

「ちぇッ、何を楽しみに生きてやがんだ」

「己が剣が誰よりも強いことを世間に知らしめるのが奴の楽しみだ。人を斬り、用心を欠かさず、体を鍛えあげ、己が剣を高める。そのためには体に毒になるものは一切とらぬ」

「気持ちの悪い男だ」

「いや、見方によれば大した男だ」

「それは、まあ……」

己が剣をつきつめ、高めていこうとするのは、竜蔵とて同じことである。気持ち悪いと切り捨てても、自分には真似のできないことである。その違いが、軍兵衛と竜蔵の力の差を生んでいるといえよう。

「気の毒だが、これは舟形家と軍兵衛との内輪揉《も》めだ。放《ほう》っておくしかねえさ」

思えば、すべては舟形伊予守が凡愚であるゆえに起こったことではないか、今日一日で、すっかり友となった清十郎に、あのような化物と斬り合ってほしくはないと、竜蔵は心から思うのだ。

「いや、しかしこのままでは、家政不行届で舟形家は改易《かいえき》の憂き目を見ることになるやもしれぬ。そうなった時に苦労をするのは、多くの家来とその家族だ」

それを思うからこそ、大目付・佐原信濃守は、舟形家からの相談を受けたし、手だれの腹心である眞壁清十郎をして、事の元凶である、加治木軍兵衛を人知れず、闇に葬ろうとしたのである。

清十郎の苦悩を前に、竜蔵はいたたまれなかった。

自分も今は、佐原信濃守に義理ある身。何とか助太刀をしたいが、今の竜蔵では、加治木軍兵衛に勝るものは〝酒の強さ〟くらいのものである。

「この次出過ぎた真似をすると斬る……」

あの夜の軍兵衛の言葉が蘇《よみがえ》り、竜蔵は歯嚙《はが》みをした。

——いや、奴とて人だ。何か弱味があるはずだ。

村の外れ、武家屋敷街へと続く小道が見えて来た時、左手の藪《やぶ》の中から強烈な殺気が漂ってきた。

腕に覚えのある竜蔵と清十郎である。左手を刀の鞘にやり、はっと身構えた。

二人の前に藪の内から現れたのは、他ならぬ加治木軍兵衛、その人であった。

「この次出過ぎた真似をすると斬る……。そう言ったはずだ」

あの夜、蟬を黙らせた冷徹で乾いた声が、竜蔵に届いた。

「おう、これはまた出会《でお》うたな……」

竜蔵は臆《おく》せずこれに応えた。やり合いたくない恐しい相手ではあるが、天が引き合わせたと思えばそれも運命《さだめ》——時の運を頼り、勝負に身を任す覚悟は常よりできている。

「戯《ざ》れ言《ごと》を吐《ぬ》かすな。最前、お前達二人が我が道場を覗《のぞ》き見ていたことは、知っているのだ」

さすがに加治木軍兵衛である。二人の姿を見逃してはいなかった。

「さて、何のことやら、この男はおれの友人でな。たまたまそこで行き合うたまでのこと」

「しらばっくれるな！　一度ならず二度までもおれの前に現れるとは、定めておのれは、古狸《ふるだぬき》共が差し向けた者であろう」

「だから、たまたま出会うただけと言っているではないか」

「ほざくな！」

軍兵衛の左手が大刀の鯉口《こいぐち》を切った。

居合の一刀を警戒して、竜蔵と清十郎は、同時に左右へとびのいた。

「ほう、二人ともなかなかやるようだ。そこな深編笠、やましいことがなくば、その笠をとれ」

軍兵衛の清十郎への言葉を、竜蔵は打ち消すが如く、

「おれは三田二丁目に道場を構える峡竜蔵という者だ！」

「峡竜蔵……」

こんな所で名乗ってどうすると、清十郎の肩がぴくりと動いた。

「嘘《うそ》だというならこれから案内致そうか。ただこの男はおれと違って、主を持つ身。た易く名乗りはあげられぬ。笠を取るのも勘弁願いたい」

先日といい、今日といい、竜蔵が軍兵衛に出会ったのは正しく偶然であった。

しかし、己が命を狙われていることを知る軍兵衛には通じまい。

――よりによってこんな化物と再び巡り合うとは。

しかも状況が悪過ぎる。付きのなさに笑いさえこみあげてくる竜蔵であったが、清十郎はというと堂々と自らは名乗りをあげ、自分を庇《かば》った竜蔵の男気に感じ入っていた。

――いざとなれば、この身を捨てて峡竜蔵の命を守ってみせようぞ。

軍兵衛は依然、鯉口を切ったままである。

陽光はじりじりと辺りを照りつけ、竜蔵の口中をからからにして、おびただしい汗を体中から吹き出させた。

三人の侍の右手が、それぞれ刀の柄《つか》にかからんとした時――。

向こうの小道に、長谷寺参詣《さんけい》の帰りであろうか、いずれかの大名家の御殿女中の一行が通りかかった。

軍兵衛はニヤリと笑って、右手で柄頭《つかがしら》を軽く叩いた。鍔《つば》がかすかにチャリンと鳴った。

「まあよい。お前の言うことを信じるとしよう……」

一見したところ、竜蔵、清十郎の腕はなかなかのものである。今ここで斬り合ったところで何ほどのことはないが、二振りで倒すこともできまい。手間取れば騒ぎになる。それはあまり良い分別ではない。

そう考えた軍兵衛は、刀を抜くのを思い止《とど》めて、この向こう見ずな若造をからかってやろうと思ったのである。

峡竜蔵と眞壁清十郎ほどの遣い手を前にしてこの余裕――まさしく加治木軍兵衛、恐るべき男である。

「峡竜蔵と申したな。三田二丁目に道場を構えているとは大したものだな」

「未だ門人が二人しかおらぬ駆け出しの身でござるよ」

「これは奥ゆかしいことだ。某は舟形家剣術指南役・加治木軍兵衛。一度手合わせを願いたいものだな」

軍兵衛はしたり顔で舟形家剣術指南を名乗り、揶揄《やゆ》するように笑った。

竜蔵の体の中で、持ち前の癇癪《かんしやく》が、熱くたぎり、彼の脳天めがけてほとばしり始めた。

今までそれを押し留《とど》めていた、剣を修める者としての、技量の優劣を判じる分別が、快男児・峡竜蔵の俠気《きようき》によって、いつしか隅に追いやられた。

そして、熱いたぎりが頭に届いた瞬間、竜蔵にあるひらめきが浮かんだのである。

「手合わせとな……。真剣での立ち合いならば喜んで受けよう」

気がつけば、竜蔵の口からこんな言葉が発せられていた。

軍兵衛が刀を納めたことで、ひとまず仕切り直そうと、あれこれ思案を巡らせていた清十郎は、

――何ということを。

思わずその場に固まった。

「これは暑さに頭がおかしゅうなったようだ」

軍兵衛は、竜蔵の思わぬ挑戦に笑い止むと、いきなり竜蔵に抜き打ちをかけた。

凄まじい一刀を後退《あとずさ》りにかわし、竜蔵は軍兵衛が放つ二の太刀を、愛刀・藤原長綱《ふじわらながつな》二尺三寸五分を抜き放ち、丁と打ち払った。

「ふッ、ふッ……」

軍兵衛は瞬時に竜蔵の太刀筋を見極めたのであろう、そこで刀を鞘に納めて再び笑った。

「それしきの腕でこのおれに真剣の立ち合いを望むとは身の程知らずもよいところだ……。聞かなかったことにしてやってもよいぞ」

「調子のよいことを言って逃げるのか」

「何だと……。そんなに死にたければ相手になってやろう」

「ならば果たし合いを申し込む。三日後の夕の七ツ(午後四時頃)、所は目黒廣尾原《ひろおのはら》三本桜の下にて。貴殿は田舎者ゆえ不案内であろう。検分の上、果たし合いの場に不利ありと申すなら、我が道場に異議を申し立てられよ」

竜蔵は止めようと歩み寄る清十郎を制し、一気に言いたてた。

「ふん、おのれを討つに所は選ばぬ。助太刀を募るなら好きにしろ」

田舎者と言われ、軍兵衛もむきになった。

「無礼であろう。果たし合いに助太刀を頼むほど、この峡竜蔵は卑怯《ひきよう》ではない」

「殊勝なことよ。ならば三日の後に会おう。それまで、この世に別れを告げておけ」

「ああそうしよう。どうだ、一杯つき合わぬか」

「たわけ者めが、酒は剣を狂わせる毒水だ。飲まぬがおれの剣術よ。立会人は無用……」

軍兵衛は、竜蔵を嘲笑《あざわら》い、ゆったりとした足取りで去っていった。

「竜殿……」

振り絞るような声で、清十郎は右手で笠を上げ、何と無茶なことを言ったのだと、これを止められなかった自分を悔いた。

「果たし合いにておれが奴を斬れば、舟形家の方も万々歳ではないか」

「それはそうだが、奴の強さはおぬしとてわかっているはずだ」

「おれは奴に勝ってみせるよ」

「何と……」

「加治木軍兵衛に勝つ秘策を思いついたのさ……」

竜蔵は、ただ癇癪をおこしただけではないようだ。その言葉には落ち着きと自信があった。

「清さん、ちょいとだけ大目付様の御威光を借りて頼みてえことがあるんだがなあ……」

片手拝みの竜蔵は、清十郎を促して歩き出した。

竜蔵の真意を図り兼ねた様子の清十郎は、少し思い入れの後これに従った。

いつの間にか空は曇り、涼風が辺りの木々の枝を揺らした。そのざわざわという音以外村外れの穏かな道は静寂を取り戻していた。

あの恐るべき侍が現れると、決まって蟬は鳴き止むのである。

五

「峡竜蔵……。真におかしな男よのう」

「当家に義理ある身となったゆえに、立ち合うのではない。加治木軍兵衛とは元より戦う定めにあったのだと申しまして……」

「だが、果たし合いにて加治木軍兵衛が討たれたなら、これほどのことはない。舟形殿からの報《しら》せでは、軍兵衛を襲い返り討ちにあった一人は空《むな》しゅうなったとのことじゃ」

「亡くなりましたか……」

「それでも軍兵衛はそのようなことを噯《おくび》にも出さず、舟形家剣術指南役を名乗り、少しずつその名を売っているそうな」

「江戸で剣名を上げれば上げるほど、舟形家としてはこれを討つことができぬようになりましょう」

「討てぬ男が御家の隠し事を知っている……。まこと、厄介な話よ」

「軍兵衛は舟形家江戸屋敷へは」

「現れて、当座の金にと百両をせしめていったという。ほんに不敵な奴よ。眞壁清十郎の腕ならば闇に葬ることもできると思うたが」

「思わぬところで竜蔵殿に会い、軍兵衛の腕を聞かされ、つい逡巡《しゅんじゅん》を致し先生に先を越されてしまいました。恥入るばかりにございまする」

「清十郎はこの佐原の家来。しくじりは許されぬのだ。逡巡をするのは当たり前のこと。加治木軍兵衛を甘う見た、おれが悪かったのだよ」

「果たし合いで峡竜蔵が不覚をとった時は、御暇を賜《たま》わりとうございます」

「当家を出て、一剣客となり、軍兵衛を討つか」

「敵わぬまでも、命をかけて……」

「心配はいらぬ。峡竜蔵の機略は、軍兵衛の剣に打ち勝つさ」

「はい……」

「あの男は、癇癪持ちで荒々しい気性のようだが、学者である中原大樹の血を引いているのだ。馬鹿ではない……」

「それは確かに……。とは申せ……、やはり馬鹿にございます。私《わたくし》は、その馬鹿さ加減が堪《たま》らぬほどに好きなのでござりまする」

「ふッ、ふッ、清十郎、お前も少しは、おもしろいことを言うようになったではないか。ふッ、ふッ、ふッ……」

廣尾原はかつて将軍の鷹狩場《たかがり》であったという広野である。鷹狩が行なわれなくなって後は、庶民の野遊の場として親しまれ、今の季節は、萩《はぎ》の花が方々で紅紫や白色に草原を彩っている。

桜や楓《かえで》も多く植えられたが、こちらの方は今ひとつ育たずに、古川の辺に根をおろす三本の桜だけが、威勢を放っている。

その三本桜の周囲は低地になっていて、少し離れた水辺に、酒問屋の隠居が趣味で建てた小さな酒蔵が見えるだけの、閑散とした広場の体をなしている。果たし合いの場としては適所といえる。

峡竜蔵が、初めて佐原信濃守の屋敷へ出稽古に赴いた日から三日の後――。

この地で竜蔵が、加治木軍兵衛なる剣客と果たし合いをすることになろうとは、誰が予見したであろう。

軍兵衛に、喧嘩を売るような調子で果たし合いを申し込んだ竜蔵は、それから眞壁清十郎と一刻（約二時間）ばかり、芝神明《しばしんめい》参道にある〝あまのや〟という茶屋の離れで密談をした後、三田二丁目の道場へと戻った。

しかし、門人である竹中庄太夫と神森新吾の二人には、果たし合いのことは何も告げず、その夜は、妹分の常磐津の師匠・お才を誘い四人で道場の近くの居酒屋〝ごんた〟に繰り出して、佐原邸への〝初出勤〟を祝った。

竜蔵の懐には、その日指南料として渡された一両の金があった。

この日は、鱸《すずき》のいいのが入ったと、主人の権太《ごんた》が言うので、洗いにして、塩焼きにして、堪能しつつ、四人で酒を酌み交わした。

いざともなれば、今会う人と、今生《こんじょう》の別れとなるかもしれぬのが剣客の宿命である。

その翌日は、本所出村町に母・志津と、祖父・中原大樹を訪ね、先頃より大樹が開く学問所を手伝いここで暮らす、竜蔵のかつての兄弟子の忘れ形見・綾《あや》と共に、鮎《あゆ》の塩焼きに、茄子《なす》のしぎ焼……。懐かしき母の手料理に舌鼓を打ち、佐原邸に出稽古に赴き、信濃守から〝頼む〟と声をかけられたことなどを報告した。

いずれ知られることになるとは思いつつ、果たし合いのことはやはり口には出さず、心の内で別れを惜しんだのである。

そして、果たし合い当日――。

「ちょいと野暮用ができてな……」

竜蔵はそう言い置いて、ふらりと道場を出て、廣尾原へ臨んだのであった。

三田二丁目の道場を出てからの道すがら、竜蔵はこれからあの恐しい剣鬼と本当に果たし合いをするのであろうかと思われるほど、晴れ晴れとした心地になっている自分に驚いた。

気の置けぬ者達と共に飲んだうまい酒が、緊張を和《やわ》らげてくれたのであろうか。

軍兵衛は、酒は剣を狂わせる毒水だと言った。

しかし、竜蔵にとって、酒は心と体のしこりをほぐしてくれる〝百薬の長〟だといえる。

この酒も飲めずに、ひたすら人を斬り、己が剣を磨く、加治木軍兵衛の何と野暮なことか。

そう思うと、軍兵衛に対して抱いていた畏怖《いふ》の念がすっと消えていったのである。

――そもそも、果たし合いだと思うから、剣の腕の優劣が気になるんだ。どうせ殺し合うなら、こいつは仕合《しあい》じゃねえ、喧嘩だ。喧嘩は技じゃねえ、駆け引きが大事なんだ。

そう思うと竜蔵は度胸が据わってきた。

――喧嘩の駆け引きってやつを見せてやるぜ。

刻はほどなく夕の七ツになろうかという頃――竜蔵は廣尾原三本桜に到着した。

ほぼ時を同じくして、古川の岸に小船が着けられ、加治木軍兵衛がその場に船を待たせて、三本桜の方へとやって来た。筒袖《つつそで》に裁着袴《たつつけばかま》の出立《いでた》ち。竜蔵はその間に、刀の下げ緒で襷《たすき》十字にあやなして、綿袴の股立《ももだ》ちをとった。

「ここはよい所だな……」

軍兵衛が冷笑を浮かべて竜蔵を見た。

竜蔵と果たし合いを約した後、軍兵衛は、峡竜蔵なる剣客のこと、この果たし合いの場所などきっちりと調べていた。この辺、軍兵衛も用心深い。

直心影流第十代的伝・藤川弥司郎右衛門の優秀なる内弟子ではあるが、父親譲りの破天荒な気性ゆえ、独立を余儀なくされた竜蔵の事情を知り、その気性ゆえに血迷って、向こうみずにも、自分に果たし合いを求めてきたのであろう。

軍兵衛はそう解釈した。

さらに、この果たし合いの場にも自ら足を運んで様子を見るに、三本松の周辺は一面の野原で、背の高い草が茂っている一帯や、藪がすぐ傍《そば》にはない。

自分の命を狙う舟形家が、峡竜蔵と謀って伏兵を忍ばせるかもしれないと思っていただけに、ここなら安心して峡竜蔵を冥土に送ってやることができよう。

万が一、相手の助っ人が、野原の向こうの木立から殺到したとしても、古川の辺に待たせてある船に乗って、この場を逃れることも易かろう。

「まさしく、果たし合いの場に相応《ふさわ》しい……」

「気に入ってもらえたなら何よりだ」

竜蔵は挑発的なもの言いで応えた。

「この次に果たし合いをすることがあれば、ここを使おう」

「その時まで生きていればな……」

「お前如きに後れをとるおれではない」

「さて、どうかな……」

竜蔵はからかうように笑った。

軍兵衛は先日とは違い、今日は肩の力が抜けているこの〝若造〟を怪訝な面持ちで見た。

――最期のあがきか、狂したか、それとも……。

見渡すに助太刀が潜んでいる気配はない。

実際、遠く離れた木立ちの内から、果たし合いの様子をじっと見つめる眞壁清十郎の他に、この果たし合いを見ている者は、軍兵衛が待たせている小船の船頭だけであった。

軍兵衛は、原宿村の道場で、物珍しさに覗きに来た近隣の百姓達に、恐るべき技の数々を見せてやり、瞠目《どうもく》する数人を、信者の如く操っていた。この船頭もまた、その一人のようで、果たし合いを見届けた後は、方々で加治木軍兵衛の武勇伝を吹聴することになっている。

——つまり、峡竜蔵。ただの変わり者なのだ。

酒、煙草《タバコ》、あらゆる毒に背を向け、人を斬るためにはやくざ者の用心棒ともなり、刺客ともなり、ひたすら己が剣を磨き、満を持して江戸に出て来た軍兵衛である。

自分より十ほども下の、こんな男に後れを取るはずもないし、後れを取るなら死んだ方がましだという自負がある。

「今ならまだ思い止まるに間がある。非礼を詫《わ》びればこの果たし合い、なかったことにしてやってもよいぞ」

軍兵衛は、子供に言って聞かせるような余裕の口ぶりで竜蔵に言った。

「ふん、田舎者が太平楽を並べるんじゃねえや。殺されたって己の意地を貫き通す。夜に鳴く蟬がいるように、馬鹿でめでてえのが江戸っ子の心意気だ。下衆《げす》野郎めが、ようく覚えておきやがれ」

この、果たし合いにあるまじき竜蔵の喧嘩口上に、冷徹な軍兵衛の頭に血が上った。

「おのれ……。どうせ怪しきどぶねずみ。斬って捨てるにこしたことはない……」

遠く時の鐘が聞こえてきた――。

加治木軍兵衛は、さっと鯉口を切って身構えると、じりじりと竜蔵に迫った。

初太刀の凄まじさを知る竜蔵は、間合を切らんと、抜刀して軍兵衛の周りを駆けた。

――ふん、御苦労なことよ。

力に任せて、何度回ってみても同じこと、間合に入った時に斬ってやると、軍兵衛は竜蔵の動きを見逃さず、自らは動かず、神経を集中させた。

「何を改まってやがるんだこのどん百姓が！　侍の真似をしたら、もう走られぬのか！」

だが、軍兵衛の神経の集中、無念無想の境地は、竜蔵の子供じみた容赦ない罵倒によって乱された。

喧嘩馴れをしている竜蔵は、相手を怒らせる術《すべ》を知っている。

〝どん百姓〟と出自をけなされた軍兵衛は怒った。

「おのれ、目にものを見せてやる！」

初太刀の居合による一刀を捨てた軍兵衛は、抜刀して、竜蔵に殺到した。

初太刀の恐怖を逃れた竜蔵は尚《なお》も駆ける。

いつしか、二人は抜き合いつつ水辺を駆けていた。

やくざ者同士の大出入りで、野山を駆け回って斬りまくったこともある軍兵衛――健脚もまた竜蔵にひけをとらぬ。

たちまち竜蔵に迫り、

「たァッ！」

と、真っ向から斬り下げた。

「うむッ！」

これを受け止めた、竜蔵の藤原長綱の刀身から火花が散った。

軍兵衛の打ちは強烈で、受け止めた竜蔵は堪らず後へ退《さ》がった。

そして、また逃がれるように駆けた。

「さすがは百姓だ！　今の打ちは鍬《くわ》を振って覚えたのか！」

駆けながら憎まれ口を忘れない。

「おのれ卑怯者！　逃げるか！」

軍兵衛は、岸辺に立つ蔵に逃げこんだ竜蔵を追って中へと駆けこんだ。

しかし、これこそが、三日前の原宿村で、竜蔵に突如生まれた〝ひらめき〟であった。

軍兵衛はまんまとその策に、のってしまったのである。

竜蔵を追って駆けこんだ蔵は、前述の通り、酒問屋の隠居が趣味で建てた小体の酒蔵で、入って三間（約五・四メートル）ばかり奥から、通路を挟んで、隠居お気に入りの、灘《なだ》、伊丹《いたみ》、伏見の下り酒の樽《たる》が、三段に置かれてある。

時折、酒好きの仲間をここへ呼び、あれこれ薀蓄《うんちく》を語ることを、隠居は無上の喜びとしているのだ。

竜蔵は、懇意にしている芝神明の見世物小屋〝濱清《はませい》〟の主《あるじ》・清兵衛《せいべえ》に誘われて一度ここへ来たことがあった。

その時、近くにある三本桜の野原を見て、ここなら人目につかず、真剣を抜いての野稽古ができると思ったものだ。

それゆえに、この地を果たし合いの場に選んだのだが、その決め手はこの酒蔵であった。

「待たぬか卑怯者めが！」

軍兵衛が酒蔵に足を踏み入れた途端、

「えいッ！」

と、酒蔵の内で軍兵衛に向き直った竜蔵が、渾身《こんしん》の力をふりしぼった突きを入れた。

さすがは直心影流にあって、名人・藤川弥司郎右衛門の傍近くにいて、剣を仕込まれた峡竜蔵の繰り出す一撃である。

軍兵衛も舌を巻くほど、強烈なものであった。

「小癪《こしやく》な……」

だが軍兵衛は見事に体をかわして、この突きをよけると、牽制《けんせい》の一太刀を返して、体勢をたて直さんと、蔵の内へと踏み入った。

この瞬間、竜蔵はうまく回りこんで、蔵の出入口を背にして立ったかと思うと、たちまち頑丈な木戸を閉めて、素早く戸につけられてあった南京《ナンキン》錠をおろした。

「よし、これで二人きりだ。もう走らねえぜ」

明かり取りの小窓から射し込む陽光に照らされた、竜蔵の顔は不敵に笑っていた。

「どういうつもりだ……」

何か竜蔵の計略に落ち入った気がして、軍兵衛は注意深く中を見廻《みまわ》した。

狭い蔵の内は、一見して無人であることが知れた。伏兵の危険の有無を瞬時に見極めて飛び込んだはずであった――。

「助っ人なんぞはいねえよ。どうせお前に斬られるなら、好きな酒を浴びるように飲みたくてよう……」

「それゆえ酒蔵で勝負か……。馬鹿な！」

「おれはこういう馬鹿騒ぎが好きなんだよ。行くぜ、下戸《げこ》野郎！」

言うや、竜蔵は傍に積まれた酒樽の栓を大刀で切った。

樽からは勢いよく灘の逸品がこぼれ落ちた。

「それ、伏見だ、伊丹だ！」

竜蔵が動く度に、幾つもの酒の滝が酒蔵に生まれ、酒飲みにはこたえられない香りが立ちこめた。

「うッ……」

しかし、酒は毒水だと言い切る軍兵衛にとっては、これほど嫌な匂いはない。

「えい！」

張りつめていた気合が一瞬萎《な》えた軍兵衛に、竜蔵は、裂帛《れっぱく》の気合もろとも、縦横無尽に技を繰り出す。

剣技に勝る軍兵衛は、これをた易く受け止め、払い落としたが、攻めの機先を制することができず後手《ごて》に回った。

竜蔵は返す刀で、左右の酒樽の栓を次々に切り落とす――。流れ落ちた酒が軍兵衛を濡《ぬ》らした。さらに竜蔵は、拾い上げた柄杓《ひしゃく》と二刀流、右手の大刀を振り回し、左手の柄杓で酒を浴びせる。

「果たし合いは殺し合いだ！　これはおれの兵法なのさ」

「おのれ……。卑怯だぞ！」

軍兵衛は防戦一方になった。

射し込む陽光は、二間幅の通路で立ち合う酒にまみれた二人の剣客の姿を、きらきらと照らしていた。

「ああいい酒だ、こたえられねえや……」

うっとりとする竜蔵に対し、酒を皮膚から吸い込んだ軍兵衛は、次第に空《うつ》ろな表情へと変わっていった。

これでは酔いに体が動かなくなる——軍兵衛は勝負に出た。

「やあッ！」

刀を右肩に担ぐかのように構えた軍兵衛が、手練《しゅれん》の一太刀を繰り出した。

「とうッ！」

これを竜蔵、左手の柄杓を投げ捨てて、大刀を諸手《もろて》に構え、少し下段に身を屈《かが》めた姿勢で猛然と迎え打った。

酒蔵の外にはただ一人。

祈る想いで佇む、眞壁清十郎の姿があった。

酒蔵から聞こえてくる異様な物音に、通りがかりの者達が数人足を止めたのを、清十郎は追い払い、やがて現れるはずの竜蔵を待っているのである。

今日は深編笠はつけていない。

竜蔵からの頼みで、酒蔵の主と話をつけ、木戸に南京錠を仕込み、鍵《かぎ》を伏見の酒樽の中へ忍ばせておいた。

「おかしな手を使っても果たし合いは果たし合いだ。おれが中から出て来ねえ時は、おれの負けだ。外から叫んで、軍兵衛に鍵のありかを教えてやってくれ」

三日前、芝神明参道の茶屋で、竜蔵は清十郎にこう言った。

酒蔵に逃げこみ、酒まみれになって討ち取ったとて、見苦しい果たし合いだと、人は笑うだろう。加治木軍兵衛の強さがまだ江戸に広まらぬうちは尚更だ。

しかし、これならば果たし合いに託《かこつ》けて、軍兵衛を斬ることができるやもしれぬ。

そして、佐原信濃守の面目はたち、舟形家の者達が路頭に迷うことも防げるであろう。

竜蔵はそう言って、今日の果たし合いに臨んだのだ。

今、酒蔵の中から、剣客二人の叫ぶような声が聞こえ、その後、争闘の響きも止み、すっかりと静かになった。

しかし、竜蔵は中から出て来ない。

「竜殿……」

清十郎はいてても立ってもいられずに、水辺にあった岩をえいやと運び、これに乗って、蔵の窓に取りついた。

「こ、これは……」

清十郎の顔が青ざめた。

蔵の中で、酒樽の中の酒に顔が浸っている、竜蔵の姿が見えたのだ。

しかも、その体はぴくりとも動かぬ……。

「竜殿……！」

清十郎が絶叫しかけた時——酒樽から顔を上げた竜蔵が窓の方を見て笑った。

「清さん、勝ったよ……」

「驚かせる奴があるか……」

清十郎は、太い息を吐いた。

「すまぬ、すまぬ……。すぐに出て行こうと思ったんだが、一度、酒樽に頭を突っ込んで飲んでみたかった……」

竜蔵は豪快に笑うと、酒まみれの顔を両手で拭《ぬぐ》った。

軍兵衛が肩に担ぐように構えた一刀は、凄まじい勢いで、竜蔵めがけて振り下ろされたが、酔態に常軌を逸したその技は、まるで頼りなく、竜蔵の一刀はこれを難なくすり上げ、そのまま胴を撫《な》で斬りにしたのである。

――やっぱり馬鹿だ。こいつは日の本一の馬鹿だ。

笑いがこみ上げてきた途端――眞壁清十郎は、足をのせていた岩からすべって、尻もちをついた。

六

それから数日がたって――。

佐原邸への、二度目の出稽古の日がやって来た。

この日、佐原信濃守の申し付けで、稽古は早々に終わり、竜蔵は広大な屋敷の中奥で、信濃守から酒の接待を受けた。

相伴《しょうばん》をするのは側用人・眞壁清十郎。

もちろん、先日の〝酒蔵の決闘〟の労を労《ねぎら》ってのものであった。

五千石の旗本屋敷ともなると、大名家と同じように、表向きと中奥、奥向きに分かれていて、中奥は主人の私的な空間である。

そこへ、剣術指南とはいえ、月に三度くるだけの竜蔵が通されるのは、今度の一件の顚末《てんまつ》を、清十郎から聞かされた信濃守の興奮ぶりがわかろうというものだ。

膳《ぜん》の調度は漆塗の絢爛《けんらん》たる物ばかりで、

「この度の一件において、峡先生には何と礼を申してよいやら……」

その上に、信濃守に改まった口調で威儀を正されたら、どうも居心地が悪い。

「いえ、御心遣い、痛み入り申しまするが、あの果たし合いは、一人の剣客として、あの加治木軍兵衛に勝ちたいと思うたゆえのことにござりまする。軍兵衛と舟形家のこと。また、舟形家と佐原様がどのような関わりをなされていたかは、もうすっかりと忘れてしまいました」

きっぱりと言い切る竜蔵を見て、信濃守は相好《そうごう》を崩した。

そうではない――。竜蔵は、眞壁清十郎の苦衷《くちゆう》、それに連なる佐原信濃守の面目、舟形家の危機を見てとり、男気を出したのだ。

それをこの男は、あくまで自分が望んだ果たし合いであった、色々なことは忘れてしまったと爽やかに言い切ったのである。

――なるほど、清十郎の言う通り、まったく馬鹿な男だ。だがその馬鹿さ加減が何ともいい。

信濃守の根回しもあり、加治木軍兵衛の死は、互いに納得ずくの果たし合いによる討ち死にであったと処理された。

舟形家剣術指南役を名乗っていたが、国表で数度出稽古に来てもらったことはあるものの、江戸へ呼んだ覚えはないと、舟形家は北町奉行所に対してそう返答したという。

何もかもうまく収まった今、あれこれ面倒なことは忘れてしまいましょうと、峡竜蔵は言っている。

かつては男伊達《だて》を気取り、屋敷を抜け出しては、盛り場、悪所へ通った信濃守のことだ。

「そんならこっちも、うだうだ言うまい。先生、今度のことは借りておくよ」

信濃守は、竜蔵にはその方が通じるだろうと、無頼の頃の口調で頬笑むと、

「忝い……」

今度はしっかりと大目付の威厳をもってただ一言——目礼をした。

初めて会った時から、信濃守の人柄に心服している竜蔵は、つくづく、この御方は男だと、改めて感じ入り、深々と頭を下げた。

その後は、打ち解けた酒宴になった。

「本当なら、どこか気の利いた料理茶屋に繰り出して、きれいどころを侍《はべ》らせて一杯やりたいところだが、なかなかそうもいかぬでな」

終始、信濃守は上機嫌であった。

「いや、先生はおもしれえや。剣に長じ、俠気に生きる……。まさしく〝剣俠〟の人だ。清十郎、そうは思わねえかい。はッ、はッ、お前もいい友達ができてよかったじゃねえか。もう、おれくれえになると、友達なんざ持ちたくてもできっこねえ。ああ、いや、当家の剣術指南の先生を友達呼ばわりしちゃあいけねえや……。はッ、はッ、いけねえ、いけねえ……」

佐原邸を出ると、すっかり夜になっていた。

今宵《こよい》、暑さは和らぎ、風が出た。

竜蔵は、駕籠《かご》の用意を断り、清十郎に送られて、心地よい酒の酔いを夜風に醒《さ》ましつつ、道場へと戻った。

今宵の竜蔵はよく喋る。

面倒なことは忘れてしまいましょうと言った竜蔵ではあったが、恐るべき手練《てだれ》・加治木軍兵衛との果たし合いの後の興奮は、未だ彼の体内からは発散されていなかったのである。今日の稽古のこと、佐原信濃守の人柄、祖父・中原大樹と、母・志津の日常……。

宮仕えの身で、色々な人との応対をこなす眞壁清十郎のこと。実に心地よく、ほろ酔いにとりとめもなくなってくる竜蔵の話を、ひとつひとつ言葉を返して聞いてやるものだから、竜蔵の調子はますますあがるのだ。

「だがなあ、清さん。今まで酒でしくじったことはあったが、酒が強くて命が助かったっていうのは初めてだぜ……」

話すうちに、三田二丁目の道場は目の前となった。

「何だかこのまま帰るのも寂しいな。清さんどこかへ繰り出すか」

「某の御役目は、峡先生を無事お送りすることでござる。今日はもう、ゆるりとお休みなされませ」

清十郎は、竜蔵に畏まってみせると、屋敷へと戻っていった。

「相変わらず堅い……。堅え野郎だ……」

からからと笑って、その後ろ姿を見送ると、竜蔵は腕木門を潜《くぐ》った。

「誰か来ているのか……」

道場に灯火がついている。

そこには、険しい顔をした、竹中庄太夫、神森新吾、さらに綾がいた。

竜蔵の帰館に気付いた三人は、猛然と走り寄って来た。

「先生！　水くさいではありませんか！」

まず庄太夫が口火を切った。

「果たし合いに行かれるなら、私も弟子の端くれ、何故、教えて下さりませぬ！」

横から新吾が、目に涙を浮かべながら訴えた。

相変わらず果たし合いのことは誰にも告げずにいた竜蔵であった。そのうち話そうと思ううち、風の便りが母に届いたらしい。

互いに子供の頃を藤川道場に育った、竜蔵にとっては妹のような綾は、藤川弥司郎右衛門の高弟・森原《もりはら》太兵衛《たへえ》を父に持つ娘である。果たし合いと聞かされても気丈な面持ちは崩さなかったが、内心では胸が引き裂かれるほど心配したものだ。

志津からの詰問使を自ら願い出て、道場にやってきたのであった。

「竜蔵さん！　志津様は怒っておいでしたよ」

「いや、それはだな……」

「果たし合いと聞かされて、取り乱すとでも思ったのですか。田圃《たんぼ》で泥まみれになって戦うなど、何と格好の悪い……」

「話が違ってるぞ……。泥まみれじゃねえよ……」

「そんなものは、果たし合いではなくて、子供の喧嘩です！　竜蔵、恥を知りなさい……。そう仰《おっしゃ》っていました」

「ああ、話にならねえ……」

女ってものは、頭に血が上ると何を言っても堂々巡りだ──竜蔵は、語り直すのもうんざりとしてきた。

庄太夫と新吾は、真面目くさった顔を向けてくるし、面倒なことは忘れてしまいたい竜蔵は、

「ちょっと佐原様の御屋敷に忘れ物をした……」

と、踵《きびす》を返して走り出した。

「竜蔵さん！」

「先生！」

三十六計逃げるに如《し》かず──その声を振り切って、竜蔵はひたすら夜の道を走った。

たちまち帰路につく、眞壁清十郎の後ろ姿が見えてきた。

「おう、清さん、待てよ、やっぱりちょっと付き合ってくれよ。友達じゃねえか……！」

――大変な友達ができたものだ。

呆《あき》れ顔で振り向く清十郎の顔がたちまち綻《ほころ》んだ。

〝夜鳴き蟬〟は姿を消した。

静かな夜の道には、少しおどけた竜蔵の声が響き渡るばかりであった。

第二話　ぼうふり

一

小庭に咲きはじめた菊の香りが、文机《ふづくえ》に向かう竹中庄太夫の鼻腔《びこう》を心地よくつついた。

芝横新町《しばよこしんまち》の裏店《うらだな》に住む庄太夫の朝は、茶漬をかき込んだ後、寝衣から着替え、文机の前で居住まいを正し、墨をすることから始まる。

親の代からの浪人暮らしを送る庄太夫は、四十二歳となった今日まで、筆で方便《たつき》を立ててきた。

父親の庄九郎《しょうくろう》は、生来病弱の人で、庄太夫が十五の折に病歿《びょうぼつ》したのだが、生前、体格が貧相な庄太夫の行く末を案じ、息子に読み書き算盤《そろばん》を教えこんだ。

武芸はまったくできなくとも、これらを極めていれば大都江戸では、働き口がいくらでも見つかると思ったからだ。

庄九郎の読みは正しかった。書を能《よ》くこなしたお蔭《かげ》で、父親に死なれた後、庄太夫は代書屋《だいしょや》を内職として糊口《ここう》を凌《しの》いでこられた。

母親は、庄太夫が幼い時、既に亡くなっていた。病弱の父の世話をして、子供の頃からあれこれ家事をこなしてきた庄太夫にとって、独り暮らすことに不自由はなかった。

二十を過ぎ、代書屋の内職でそこそこ暮らしていけるようになった後、生まれ育った浅草誓願寺門前を出て、いくつか転居を繰り返した後、この八兵衛《はちべえ》長屋に越してきたのが十年前――裏店とはいえ、平屋に三間、小庭が裏手についているこざっぱりとした家で、菊を植えてみたり、日々の暮らしを楽しんでいる庄太夫であった。

女との関《かか》わりがなかったわけでもないが、今は独りが楽でよい。

「よしできた……」

やがて庄太夫は、何枚かの短冊を書きあげた。

酒、団子、茶、とろろ……。

これは全《すべ》て大家の八兵衛の紹介で、時折、品書きやら、障子の看板字を頼まれている、〝まつの〟という高輪《たかなわ》の茶屋へ届けるものであった。

「なかなかよい字が書けた……」

庄太夫は、嬉《うれ》しそうな表情を浮かべて、短冊を風呂敷《ふろしき》に包むと立ち上がった。

「お侍様に届けて頂くのは申し訳ないことでございます。誰かを取りにやらせます
……」

などと、大抵において、注文の主はそう言ってくれる。

だが、庄太夫は、〝届けるまでが仕事〟だと、自ら出向くことにしている。

顔を見て渡す方が気持ちよいし、会えばまた話がはずんで、次の注文がその場で決まるというものだ。

十五の時から、一人で生きていかねばならなかった庄太夫は、このあたりが随分と世馴《よな》れている。

長屋を出た庄太夫は、東海道を南へ歩いた。

秋である。

大名蔵屋敷の向こうに広がる海。そこから吹く風が心地よい。

――浪人とは、まことに厄介な身の上だ。

禄《ろく》ももらえぬのに、身分だけが武士であるらしい。

そもそも、代書屋の仕事も、世間からは内職と見られる。

では本職は何かというと、〝武士として生きている〟ということになるのであろうか。

いずれ仕官が叶《かな》うか、武芸者として生きるか、学者となるか……。

その日を目指して、武士であることを忘れずにいるのが浪人なのか。

とはいえ庄太夫は、その日を生きていくのが精一杯の暮らしを送ってきた。学問で身を立てるほどの教育を受けられなかったし、武芸に生きるにはひ弱であった。

書に才を開かせたといっても、本格的に書道を修めたものでもない。総じて、仕官の口などかかるものではない。

それならば、武士などやめてしまえばよいというものだが、生まれた時からの文化、風俗、家の歴史などが、既に心と体に沁《し》み込んでしまっている。

代書の仕事も、浪人とはいえ、武士が書く物ゆえに、少しは値打ちがあると言える。

瘦身短軀《そうしんたんく》で、蚊蜻蛉《かとんぼ》のような庄太夫でも、それなりに世間の者が気を遣ってくれるのは、武士ゆえのことなのであろう。

だから尚更《なおさら》、厄介な身の上であるのだと、時折つくづくと庄太夫は思うのだ。

しかし、捨てることのできぬ武士ならば、四十を過ぎた身とはいえ、人並みの武芸を身につけることも必要ではないか――。

そう思い立った時、出会ったのが、若き剣客・峡竜蔵であった。

歳《とし》は自分より一回り以上も下で、腕は立っても、思慮分別の点では、決して〝師〟

とは呼ばれぬ男であるが、この人ならば自分のことを見下したり、馬鹿にしたりはしないだろう……。

押しかけるように入門して半年以上になる。ひ弱な〝蚊蜻蛉おやじ〟からは脱却できてはいないが、武士として道場で暮らす充実のようなものは近頃覚えてきた。

——うむ、浪人として生まれてきて、よかったとしよう。

何事においても、哲学的である庄太夫は、歩きながら、ああでもない、こうでもないと、考えを巡らすことが好きである。

柄に似合わず健脚の庄太夫は、こうするうちに届け先についてしまう。

大木戸を過ぎ、稲荷《いなり》社の手前の街道沿いに目指す〝まつの〟はある。少し西へ入った所は、赤穂《あこう》義士が眠る泉岳寺の門前だ。

「あら、先生……。もうお届け下さったんですか」

庄太夫の姿を見かけるや、休み処《どころ》を切り盛りしているお葉《よう》が、いかにも恐縮の面持ちで歩み寄ってきた。

歳の頃は三十を過ぎたか過ぎぬか。

袖《そで》ヶ浦の潮風にさらされ、降り注ぐ陽光を浴びるからか、肌の色は少しばかり浅黒いが、きりりとして整った顔立ちにはそれも映え、健康的な色香に溢《あふ》れている。

お葉は後家である。船大工と連れ添ったがすぐに死別し、今は小女《こおんな》を一人雇って、土間の入れ込みに幅広の床几《しょうぎ》を三脚、外に葭簀《よしず》を掛けて二脚ほど置いて、この〝まつの〟を営んでいる。

さっぱりとして、明るい気性のお葉目当てに来る客も少なくない。

菊模様の袷《あわせ》に黒襟を付けた出立《いでた》ちも小気味好《よ》い。

「ご足労をおかけしました……」

恭《うやうや》しく、庄太夫が持参した風呂敷包みを受け取るお葉に、

「いや、ちょうど暇ができたのでな、早く済ませてしまおうと……」

何より女将《おかみ》の喜ぶ顔が見たかったのだ――。さすがにその言葉は呑《の》みこんで、

――いや、浪人に生まれてきてよかった。よかったと言い切れる。

心の中で叫びつつ、お葉に請《しょう》じ入れられるまま、庄太夫は土間の内の床几に腰かけた。

さっと、小女のおかちが冷たい水と、熱い茶に、名物の串《くし》団子を出してくれる。

「先生のお手は、何だかお優しくてよろしゅうございますねえ……」

お葉は、庄太夫が書いた品書きの短冊を見て嘆息した。

「ああ、いや、書きなぐったものだが、気に入ってもらえてよかった。はッ、はッ……」

何を書きなぐっているものか。庄太夫、何度も下書きをしてから認《したた》めている。このおやじがお葉に〝ほの字〟であることは明らかだ。

「すぐにお手間を……」

「ああ、それはよい」

代金を支払おうとするお葉を、庄太夫は手で制した。

三月《みつき》ほど前に、初めて代書の用を受けて以来、品川、高輪方面に所用がある折、庄太夫は必ずここへ立ち寄った。

「その度に、女将は代を受け取ってはくれぬでな」

「いえ、それとこれとは違います」

「何が違うものか。今日もこれをありがたく頂こう」

庄太夫はにこやかに串の団子を頬張《ほおば》って見せた。窪《くぼ》んだ頬がたちまち丸く膨らむ様子が何とも愛敬があり、お葉はふっと頬笑《ほほえ》んだ。

「また今度、手間は頂こう……」

「左様でございますか……」

お葉は庄太夫の傍《そば》に座って、申し訳なさそうに頷《うなず》いた。

その目が何とも艶《あで》やかで、庄太夫は思わず団子を喉《のど》に詰めそうになるのを、やっとのことで堪《こら》えた。

こんなところを峡竜蔵に見られでもしたら、

「庄さん、何を格好つけてるんだよ！」

などと肘《ひじ》で突《つつ》かれるであろうが、お葉目当てに茶を飲みに来ている、近所の小店主のおやじ達に、少し羨《うらや》ましそうに見られて、庄太夫はちょっとばかり御満悦なのである。

「御免よ……」

そこへ、四十絡みの男が若い衆を一人引き連れてやって来て、庄太夫の隣の床几に腰かけた。

男は俠客《きようかく》風の装いで、連れている若い衆も、袷の裏が下馬《したうま》の勇み肌、我が物顔で茶屋の内を見廻《みまわ》して、

「茶をもらおうか……」

と、お葉に向かって、意味ありげに頰笑んだ。

そんな貧弱な奴は放《ほう》っておいて、こっちへ来なと、その目は語っているようで、庄

太夫の胸の内はおもしろくない。

竜蔵と一緒であれば、ひとつくらい睨《にら》みを入れてやるのだが、下手をすると、お葉の前で恥をかくことになる。

ここは武士の鷹揚《おうよう》でやり過ごそうとする庄太夫は、

「拙者のことは構わずともよい。用事をすませてくれ」

と、優しい言葉をかけた。

その時である。

「平七《へいしち》つぁんですかい……」

四十男が、庄太夫に声をかけてきた。

「そういうおぬしは……」

茶屋へ来た時から、どこかで見かけた男だと思っていたのであるが、思いもかけず男は庄太夫の子供の頃の名を口にした。

成人後、今の名を名乗った庄太夫であるが、その昔は平七郎《へいしちろう》という名であった。

それを知るということは――。

「おれだよ……。由五郎《よしごろう》だよ……」

由五郎と名乗る男は、庄太夫を小馬鹿にしたような笑いを浮かべた。

「あ、ああ……」

庄太夫にたちまち記憶が蘇《よみがえ》った。

由五郎──思い出したくも、会いたくもない男であった。

庄太夫が、かつて浅草誓願寺門前に住んでいたことは前に述べた。

この地の裏店で暮らした子供の頃──。

由五郎は近所の悪童達を取りしきる、がき大将であった。

貧乏な物売りの子であった由五郎は、腕っ節の強さを誇ることで、日々のうっぷんを晴らしていたのだろう。ちょっと澄ました様子をしている子供を見かけると、からかって喧嘩《けんか》を吹っかけ、痛めつけたものだ。

平七郎と呼ばれていた庄太夫も、この対象となった。

守ってくれる母親はいない。父親は武士とはいえ病弱で争い事を好まない人であった。

それゆえに、由五郎は武士の子である庄太夫を苛《いじ》めるのに熱心で、

「あ、こんな所に〝ぼうふり〞がいるぜ……」

と言っては、蚊を叩《たた》くように、庄太夫の両頬を、パシリと両手で挟んで叩いた。

〝ぼうふり〞とは〝棒振虫〞つまり蚊の幼虫の呼び名である。水の中で体をのびちぢ

みさせて泳ぐ姿が、棒を振っているように見えたからだという。

子供の頃から〝蚊蜻蛉〟のような体付きであった庄太夫を、由五郎は〝ぼうふり〟と命名して、これを一人悦に入り、何かというと、

「ぼうふりだ、ぼうふりだ……」

と、庄太夫には、庄太夫の頬を両手で叩いたのである。

庄太夫には、これが堪らぬ屈辱であった。

父親に言おうにも、武士の子である身が、素町人《すちようにん》の子に苛められていると泣きつくことはさすがにできなかった。

できるだけ表に出る時は由五郎を避けて通ったが、すぐに見つけられて、また、パシリとやられる。

次第に由五郎の子分達も調子に乗って庄太夫を叩くようになり、腫《は》れた顔を父親に見つからぬように、そっと井戸の水で何度冷やしたことか。

由五郎は、散々に庄太夫を苛めた後、いつしか不良仲間の群れに身を投じ、裏店には寄りつかなくなった。

庄太夫にとっては幸いであったが〝ぼうふり〟と言われて苛められた誓願寺門前にはいい思い出もなく、周りの同じ年頃の連中は、いつまでも庄太夫を〝ぼうふり〟と

認知している。

それが嫌さに、代書の仕事でやっていけるようになって後、名も庄太夫と改めて、浅草から出たのである。

そして今、あの憎き由五郎と再会することになろうとは……。

「久し振りだねえ……」

由五郎もまた、お葉を目当てにこの茶屋へ来ているのであろう。お葉と馴れ馴れしく喋《しゃべ》っている男を見て胸糞《むなくそ》が悪くなったが、見れば侍風態であるから少しは遠慮をした。それが、よくよく見れば侍はあの〝ぼうふり〟で、様子を見るに相変わらず浪人暮らしのようである。

かける声もぞんざいになってきた。

「あ、ああ、もう三十年近くにもなるかな」

一刻も早くここから逃げ出したい庄太夫であったが、とにかく鷹揚に言葉を返した。

「おれを覚えていてくれて嬉しいぜ……」

由五郎は、庄太夫が未《いま》だに、自分に苛められたことを忘れておらず、恐れている様子が手にとるようにわかって、またからかいたくなってきたようだ。

「これは親分と先生はお知り合いでございましたか。それはそれは……」

二人の間の過去を知らないお葉は、どことなく庄太夫が浮かぬ顔をしてはいるが、これも突然のことで驚いているからだと思い、小女のおかちが他に手を取られているのを見て、

「ただ今、お茶を……」

と、茶屋の奥へと入っていった。

由五郎はそのお葉へ、

「この先生とは、幼馴染《おさななじみ》でな。昔はよく遊んだもんだ！」

大仰に声をかけておいて、

「この茶屋にはよく来ているようだな」

と、どすの利いた声で庄太夫に言った。

「ああ、その、品書きなど代書を頼まれてな」

「代書の先生ってわけかい。おれもこの辺りに来て一年ばかりになるが、今までここで出会わなかったとはなあ……」

「そうだな……」

「避けてたんじゃねえのかい。ヘッ、ヘッ、まさかもう〝ぼうふり〟なんぞと言やあしねえよ」

〝ぼうふり〟と聞いて、供の若い衆が、ふっと笑った。

「おれも今じゃあ、牛町で口入屋《くちいれ》をやっているんだ。お前のような学はねえが、若いのも五、六人遣って、ちっとはいい顔になったぜ。またちょくちょくここで会えりゃあいいなあ」

「左様じゃな……」

「気の無え返事だなあ、昔のことを根に持っているのかい。おれのことを怒っているなら、ここで一つ、殴ってくれてもいいぜ……」

由五郎は、二度とここへは来るなと言わんばかりに、庄太夫を挑発するかのような言葉を投げかけた。

横の若い衆は、庄太夫をなめきって、薄笑いを浮かべながら見ている。

子供の頃は苛めっ子でも、大人になれば、それを恥じて思いやり深い人になる者もいる。

しかし、この由五郎は子分を持つ身になっても人間味のかけらも熟成されていない。

「せっかくの申し出だが、またにしよう。拙者はこれにて帰る」

庄太夫はそう言い置くと、茶屋を後にした。

「ふん、またにしようたあおもしれえや。いつでも殴りに来な。待ってるぜ。〝ぼうふり〟がどれだけ強くなったか楽しみだぜ。はッ、はッ、はッ……」

庄太夫の背後で、由五郎の嘲笑《あざわら》う声が聞こえた。

——哀れな奴だ。

庄太夫は、四十になって子供の喧嘩を挑んでくる由五郎を心底そう思った。

「あら、先生、もうお帰りですか……」

茶碗《ちゃわん》を載せた盆を手に奥から出て来たお葉が少し切なげな声で、庄太夫に呼び掛けた。

子供の頃の屈辱が次第に蘇ってきた庄太夫は、振り向いて由五郎のしたり顔を見るのが嫌で、背中を向けたまま、少し右手をかざして、お葉に別れを告げると、街道を北へと行く速歩を緩めなかった。

二

「えい！　やあ！　とうッ！　……」

三田二丁目の峡道場に、竹中庄太夫の甲高い掛け声が響き渡った。

「おう、庄さん、いい気合だ！」

面、籠手《こて》をつけての稽古《けいこ》で、庄太夫は師の峡竜蔵に挑んでいた。

今日は、素振り、型の稽古もすべてこなし、気合充分に竜蔵にかかっていく庄太夫の姿を、同じく門人の神森新吾は目を丸くして見ている。

剣術道場の門人が、稽古に精を出すのは当たり前のことなのだが、庄太夫はこの峡道場の門人でありながら、剣術の方は〝見取り稽古〟ばかりで、思い出したように、型だの素振りだのを、竜蔵に教えてもらう自由人であるから、新吾が面喰《めんく》らうのも無理はない。

二十八歳で、剣の腕は抜群であっても、世情のことにまるで疎い竜蔵にとって、読み、書き、算盤、料理もこなす庄太夫は、峡家の、家老、執事、軍師の如《ごと》き存在なのである。

それゆえに竜蔵は今まで、庄太夫が望む、

〝年寄りを労《いたわ》るつもりの稽古〟

をつけてやってきた。

竜蔵は、まだ自分が師と呼ばれる柄ではないと思っているし、まだまだ自分自身が修行の身であり、己が剣を求めている途中であるから〝後進の指導〟など、どうも面《おも》映《は》ゆいし面倒だ。

とはいえ、道場を構えたからには、門人一人おらぬでは格好がつかぬ。

それならば、格好、体裁をつけてさしあげよう、自分には〝後〟がないゆえ指導も楽であろうとばかりに、入門してきたのが庄太夫であった。

そんな持ちつ持たれつの間柄の師弟として、半年ばかり絆《きずな》を深めてきた竜蔵と庄太夫であるのだが、突如、鬼気迫る表情で、死にそうになりながらこの中年の弟子が竹刀《しな》を振《い》っているのは何故《なにゆえ》のことか——。

初めのうちこそ、庄太夫のやる気を、

「庄さん、その調子だ！」

と、頰笑ましく見ながら稽古をつけていた竜蔵であったが、次第に何やら心配になってきた。

一日の稽古が終わると、ふらふらになるほど、気力、体力を消耗させている、十八歳の神森新吾と同じ稽古内容を、この日、庄太夫は自ら進んでこなしたのである——。

「おい、新吾……」

稽古終わりの道場で、息を切らしながら、床の拭《ふ》き掃除をこなす新吾を、竜蔵はそっと呼んだ。

「庄さんは生きているかい……」

道場と母屋を繋《つな》ぐ、門人用の控えの小部屋に庄太夫が倒れているのが見える。

「微《かす》かに動いているようですが……」

新吾が目を凝らした。

「それならよいが……」

「途中で止めるべきではなかったかと……」

「馬鹿野郎、本人がやるってものを、するなと言えるか」

「それはまあ……」

「昨日の昼間っからどうも様子がおかしいような気がするんだがな」

「はい、竹中さん、いつもの無駄口が少なかったような……」

「無駄口って言ってやるなよ」

「すみません……」

「何か忘れたいことがあるのだろうな」

「あのくらいの歳になると色々あるようです。わたしの父親も、時折、ふっと溜息《ためいき》をついて無口になることがよくあります」

「そうか、おれの親父《おやじ》はいつも馬鹿話をして、暴れていたからなあ……」

「先生が、ゆっくりと話を聞いてさしあげるべきかと」

「おれは人の隠し事を問い糺《ただ》すのは得意なんだが、どうも、悩みごとを聞くのは苦手でな」

「どういうことです」

「話しているうちに、つい余計なことを言っちまって、相手を怒らせたり、もっと悩ませたりすることが多いんだ」

「なるほど、それはわかるような気がします。まだ人生に奥行きというものができていないのでしょうね……」

「ああ、まったくだ……。お前に言われたくはねえよ！」

「すみません……」

「でも、このまま放っておけねえなあ……」

思案する竜蔵の向こうで、庄太夫が、またピクリと動いた。

翌日。

庄太夫は、朝から体の節々が痛んで、からくり人形の如《ごと》き、おかしな動作を強いられ、悪戦苦闘を繰り返し、三田同朋町《どうぼうちょう》への道を、一歩一歩踏みしめながら辿《たど》っていた。

峡竜蔵の不良時代の妹分である、常磐津《ときわず》の師匠・お才に頼まれていた代書の用をこなすためであった。

明日は九月九日、重陽《ちようよう》の節句である。

「高山に登り、菊花の酒を飲めば禍《わざわい》消ゆべし」

中国の故事に由来するものだが、遊芸を習うものは、節句には必ず師匠の許《もと》へ出向いて賀儀を述べることになっていた。

そういうわけで、お才の家にも弟子が次々と訪ねて来る。

それに際しては、幾ばくかの謝礼を包んでくるので、弟子に持たせる物などの上書きなどが必要となる。

さらに、弟子の名札もこの節句を機に、新調することにした。

名札は古びている方が弟子は稽古場で威張れるものだが、新しい弟子にとっては、そういう古参の弟子が面倒に思う時もある。

古参の弟子が、自分の思わぬところで、稽古場を仕切り出したりすることが、お才には何よりも気持ちが悪く、順番はそのままに、時折、全員が同じ色目になるようにしているのだ。

「なるほど、師匠、それは考えましたな……」

これを聞かされた時、庄太夫は、お才の気配りに感心したものだ。

そういうところは、峡竜蔵の気質と通じるように思われる。

「そのうち、我が峡道場でも、これを見習うべきだな」

そうは思ったものの、峡道場の掛札は、今のところ〝竹中庄太夫〟〝神森新吾〟の二枚しかない。

「師匠、来ましたぞ……」

やっと、お才の家に行き着いた庄太夫は、ぎこちない動きで戸を開けると、震える足で踊るように一歩ずつ土間へと入った。

その声を聞いて、衝立《ついたて》の向こうから、

「庄さん、すみませんねえ……」

と、にこやかに登場したお才は、庄太夫の筋肉痛に踊る様子を見て、

「どうしたんですよう、人形浄瑠璃《じょうるり》みたいに……。ああ、こういうのが、流行《はや》ってるんですね。ほッ、ほッ、ほッ……」

声を立てて笑った。

「いや、昨日、ちょっとばかり励みすぎてな……」

「励みすぎた……？」

「いや、もちろん、剣術の稽古を……」

「わかってますよ……。他に何をそんなに励むって言うんですよ」

「あ、ああ、そうだったな。はッ、はッ……」

「ほッ、ほッ……。庄さんは本当におもしろい人ですねえ。さあ、上がっておくんなさいまし」

家の内へと請じ入れる間も、口三味線《くちじゃみせん》を入れながら、庄太夫の動きを人形浄瑠璃に見立てて、お才は賑《にぎ》やかに笑った。

その屈託のない笑顔を見ていると、依然、庄太夫の胸の内に漂う靄《もや》の如きわだかまりが、たちまち晴れてゆくのであった。

「さて、何から書こうかな」

「名札からお願いしましょうかねえ。でも庄さん、人形振りで、字は書けるんですか」

「大事はない……」

筆を取りつつ、その合間にあれこれ語る庄太夫は、いつもの話好きな彼に戻っていた。

何が何でも竜蔵の味方であるこの二人は、今年の早々に、竜蔵を介して知り合ってから何かと気が合い仲が良かった。

店の主人であるとか、自分の父親くらいの歳の弟子を持つお才は、庄太夫のような中年男の悩み事などをさらりと聞き出すのはわけもない。

実は昨日、稽古が終わった後――竜蔵は、庄太夫がお才から代書の仕事を頼まれていたことを思い出し、庄太夫の屈託を、それとなく聞き出してくれるようお才に頼んでいた。

「庄さん、どうしてまた、そんなに根を詰めて稽古なんてしたんですよう。年寄りの冷水じゃあないですか……。フッ、フッ……」

竜蔵の期待を外さず、お才は絶妙の間合で話を持ち出した。

――この師匠には敵《かな》わない。

こんな風にして、峡竜蔵の屈託を何度お才は吐き出させ、さり気なく励ましてきたことか。

この半年余り、その様子を目の前にしてきた庄太夫は、自分のような貧相なおやじにまで優しい目差《まなざし》を向けてくれるお才に、心の内で手を合わせた。

昨日の死に物狂いの稽古の原因が、一昨日の高輪の〝まつの〟での一件にあることは言うまでもない。

お才に話せば、この姉さんは、折を見てそのことを竜蔵に話すであろう。

剣の師である竜蔵に知られるのは恥ずかしいことゆえ黙って昨日は道場を後にした

が、いつもと違う自分の様子に、竜蔵は心配しているに違いない。

いや、既にお才はそのことを聞かされているのかもしれない。

いずれにせよ、四十年余生きてきて、初めて触れる温かい人の輪にあって、自分が素直にならずして何とする……。

「まあ師匠、聞いてくれ。馬鹿な話だ……」

庄太夫は、お才に一昨日の、お葉に会いに行ったところ、昔、自分を苛めていた由五郎という男と再会してしまった一部始終を、筆を走らせる合間に、ポツリポツリと話したのであった。

「何だ庄さん、そんなことを気に病んでいたんですか。由五郎なんて馬鹿はうっちゃっとけばいいんですよ」

話を聞いて、お才は事も無げに言った。

「そんな下らない奴にかかずらっていちゃあ、庄さんの値打ちまで下がるってもんだ」

「うむ……」

庄太夫はお才の言葉が嬉しくて、にこりと頷いたが、

「しかし本当のところ、おれは格好をつけて逃げたのだよ」

しみじみと息を吐いた。

「逃げたなんて……」

お才は眉《まゆ》をひそめた。

「そりゃあ、子供の時はいざ知らず、今は御武家と素町人。庄さんは馬鹿馬鹿しくて相手にならなかっただけですよ」

「そんな風に、何度も己の胸に言い聞かせたが、師匠、おれはやっぱり逃げたのだ」

「庄さん……」

「子供の頃のことだ。そのうち忘れてしまうだろうと思っていた。だが、由五郎は時折、夢の中に出て来て、おれを〝ぼうふり〟と嘲笑って、頬を打った。それが、峡竜蔵という人と会って、先生の傍に居るようになってから、すっかりと夢に出てこなくなった」

「そりゃあそうですよ。竜さんの喧嘩の強さは天下一ですからね。その傍に居る庄さんには、恐いものなんてなくなったってことでしょう」

「師匠の言う通りだ。いつか町で見かけたら、由五郎め、さんざんな目に遭わせてやろうと思い始めたから、夢にも出てこなくなったんだろう。ところが、いざ出会ってみると、昔の恐ろしさが未だに胸の中に残っていて、さんざんな目に遭わせるどころか、喧嘩を吹っかけられて何もできず、すごすごと帰ってきた。つまりおれは、強くなったという気になっていただけで、その実、〝ぼうふり〟と顔を叩かれても仕返しすらできずに、ただ、由五郎の腕っ節を恐れて逃げ回っていた子供の頃と、何も変わってはいないのだ……」

峡竜蔵の軍師を気取って、三田二丁目の道場に入り浸っているが、武芸を修めたいと言いつつ苦しい稽古からは逃がれている――そんな料簡《りようけん》だから、たちまち由五郎に見透かされて、馬鹿にされたのである。

「竹中庄太夫……。まことに情無い男だ」

そういう自分が嫌で堪らずに、昨日、庄太夫は神森新吾と同じだけの稽古をこなし、己《おの》が体を痛めつけたのだ。

「それで、根を詰めて稽古をして、少しは気が晴れたんですか」

「ああ、少しはすっきりした。だが、今朝になって体は浄瑠璃人形だ。それでまた、何とも情無い気になった」

庄太夫はふっと笑った。

「そんなら庄さん、ここは覚悟を決めて、竜さんに喧嘩の仕方を教わることですね」

「喧嘩の仕方か……」

「さっきは相手にするなと言ったけど、そんなに気になるんなら、その由五郎って馬鹿をぶん殴ってやるしかありませんよ」

「そうだな……」

「そのお葉さんって人の前で、ひとつ喰らわせておやりなさいな。焦ることはありませんよ。毎日道場で稽古して、手ごたえを摑《つか》んだところでやってやればいいんです」

「うむ、そうだな、そうだな……」

おオはおやじの心を奮い立たせるのも巧みである。

打倒由五郎を励みにすれば、剣術の厳しい稽古もまた楽しいというものだ。

「師匠、忝《かたじけな》い、何やら力が湧《わ》いてきた」

「それは何よりですよ」

「この話を峡先生には……」

「しますよ」

「やっぱりするか」

「黙ってられませんよ。どうせわかることなんですから、強がったって仕方ありませんよ」

「まあ、そうだな……」

「でもねえ、あたしも世話焼き女のお才だ。竜さんにはうまい具合に言っておきますから」

「うまい具合に……」

「ええ、うまい具合に……、まあ、任せておくんなさいまし」

胸を叩くお才に庄太夫はしっかりと頷いた。

その頃には、代書の仕事はきれいに片付いていた。

三

「うむ、そうかい。なるほど、そういうことで庄さんは気に病んでいたのかい……」

決意を胸に、竹中庄太夫が出て行った後――お才の家に、見計らったように峡竜蔵が訪ねて来た。

この日、竜蔵は一日中、出稽古先である、佐原信濃守の屋敷に居ることになっていた。

昨日の庄太夫の、あまりにも消耗しきった姿を見た竜蔵が、今日の庄太夫の激しい筋肉痛を予期して、休ませてやるためについた嘘《うそ》である。

朝の内は神森新吾が、昼からは庄太夫が道場の留守番をすることになった。

一人にしておかないと、新吾を相手に、むきになって稽古を始めるかもしれないからである。そういう時はよく怪我《けが》をするものだ。

「下らねえことを気に病みやがって……。なんてことを言っちゃぁいけないよ」

お才は庄太夫の屈託について話した後、竜蔵の思考を先読みして、まずそう言った。

「言わねえよ……」

竜蔵は、どこまでも気の回る女だと、心の内で苦笑した。

「庄さんにとっちゃぁ、負けられない勝負なんだからさ」

「まったくだ。何としてでも勝たせてやらねえとなあ……」

「でも、大丈夫なのかねえ。あたしも調子のいいことを言って、庄さんをその気にさせちまったから……。敵討《かたきう》ちでもあるまいし、このまま由五郎なんて男は、相手にせずにいたっていいわけなんだからね」

素町人相手の喧嘩に、道場主が助太刀《すけだち》に出向くわけにもいくまい。

話を聞くに、由五郎という男は、子供の頃から喧嘩が強く、腕っ節ひとつで生きてきた男のようだ。

この半年あまり、竜蔵によって、少しは武芸の手ほどきを受けている庄太夫ではあるが、口入屋の親方の意地にかけて痩《や》せ浪人などに負けてはいられないと、喧嘩になれば由五郎とて頑張ることであろう。

庄太夫は体格においては貧相だし、子供の頃の思い出が、庄太夫に由五郎に対しての苦手意識を、少なからず植えつけているはずだ。

「下手をすると、竜さんに面目ないと言って、庄さん、道場に来なくなっちまうかもしれないよ」

「おオ、お前、庄さんには優しいな……」

竜蔵は嬉しそうに笑った。

お才は生まれた時から父親を知らぬ。

母親のお園は、お才の父親が誰か、はっきりと告げぬまま死んでしまった。それ故に、父親が今どうしているかはまるでわからない。

自分を捨てた父への憎しみの裏には憧憬《しょうけい》もある。

それが時折、庄太夫のような人のよい中年男に向けられるようだ。

「心配するな。竹中庄太夫は、この峡竜蔵の門人だ。そんな馬鹿野郎に後れをとるもんかい」

気を揉《も》むお才に、竜蔵はきっぱりと言い切った。

「とにかくお才、お前のお蔭で、庄さんの屈託が、生き死にに関わるほどのもんじゃねえってことがわかってよかった。ありがとうよ」

ここでいつもの片手拝みが出た竜蔵は、その庄太夫が少し前に書きあげた、お才の弟子の名札のひとつを見て、ニヤリと笑った。

〝眞木清太郎〟と書いてある。

「時に、眞木殿は息災かな……」

「眞木殿……？　いきなり何だい」

「眞木清太郎というのか。はッ、はッ、こいつはおもしろい」

「ああ、お弟子の眞木さんのことかい。そういえば前に、表で見かけたんだったね」

「そうだ、その眞木殿だ」

「後でお越しになるそうだよ。明日の節句はあれこれ忙しいとかで」

「宮仕えをしていると、重陽の節句はあれこれ忙しいんだろうよ」

「え？」

「ヘッ、ヘッ、実はな……」

出稽古先の、佐原信濃守の側用人《そばようにん》・眞壁清十郎こそが、眞木清太郎の正体であることを、竜蔵は告げた。

「え……？　それじゃあ、ここへはお忍びで……」

「そういうことだ。側用人ともなれば、あれこれ人との付き合いもある。それがあの堅物《かたぶつ》ときている。常磐津のひとつも習おうと、時折屋敷を抜けてきているというわけだ」

「それにしても世間は狭いね」

「まったくだ。これは眞木殿……。などと、そっと声をかけたら、目を丸くしてやがった」

「そうだろうね」

「まあ、いい奴だから、世間にはこのこと、内緒にしてやってくれ」

「わかったよ。それを聞いておいてよかった……」

ニヤリと笑い合う竜蔵とお才であったが、眞壁清十郎が、亡き両親が世話になった、お才の亡母・お園への供養のために、深編笠《ふかあみがさ》を被《かぶ》って様子を窺《うかが》ったり、常磐津の弟子となったりして、そっとお才を見守っているということは、〝陰徳〟を積む、愛すべき友人のために、竜蔵は秘密にしておいた。

竹中庄太夫の屈託の理由もさることながら、竜蔵は、自分は眞木と名乗る弟子とは、懇意にしているのだとお才に伝えたくて、うずうずしていたのだ。

「そうかい。竜さんと眞木さんが、親しい仲になったとは嬉しいねえ」

案の定、お才は喜んでくれた。

「もうすぐ来るから、会っていったらどうだい」

「いや、きっと恥ずかしがるだろうから、そっと帰ることにしよう。お才、今日のことは恩に着るぜ」

「庄さんはもう身内も同じさ。あたしのことはいいから、きっと勝たせてあげておくれよ」

「ああ、任せておいてくれ」

竜蔵はお才の家を出て、そのまま芝神明《しばしんめい》に向かった。

まだ道場に帰るには、佐原家に一日中居ると言った手前早すぎるし、芝神明の見世物小屋〝濱清〟の主《あるじ》にして、この辺では顔の広い香具師《やし》の親方である、〝浜の清兵衛〟に会っておきたかった。

清兵衛が、高輪で口入屋を構えているという、庄太夫の天敵・由五郎のことを知っているのではないかと思ったのである。

途中、赤羽橋《あかばね》の上で眞壁清十郎とすれ違った。

微行姿の清十郎は、ニヤリと冷やかすように笑う竜蔵を見留めて、何ともばつの悪そうな顔をした。

「これは眞木清太郎殿、常磐津の師匠への御挨拶《ごあいさつ》ですかな」

「竜殿、おぬしはいい男だが、人をからかいたがるのが玉に瑕《きず》だ」

「ふッ、ふッ、まあそう言うなよ」

竜蔵は、眞木清太郎の正体を、お才に教えたことを告げた。

「まあ、この先、お前さんとは長い付き合いを望みたいのでな。話しておいた方がよいと思ったのだ」

「まあ、それは……」

自分がお才を見守っている所以《ゆえん》を、伏せているならそれもよかろうと、清十郎は頷いた。

「心配するな、お前さんの陰徳を邪魔はしねえよ。それより清さん、喧嘩に弱え《よえ》奴が強い奴に勝つには、何が大事だと思う」

「喧嘩に弱い者が、強い者に勝つ……」

清十郎はしばし、腕組みをした後、

「そんなことを考える前に、争いの火種を作らぬことだ」

爽やかにそう言い放つと、三田の方へと去っていった。

「あいつに聞くんじゃなかった……」

竜蔵は北へと橋を渡った。

折よく〝濱清〟の仕切場に清兵衛はいた。

「そろそろ旦那《だんな》の顔を拝みてえと、思っていたところですよ」

竜蔵の来訪を知るや、大喜びの清兵衛は、早速、〝根城〟にしている、参道の茶屋〝あまのや〟に、竜蔵を伴った。これに、竜蔵を兄貴分のように慕う安《やす》が従う。

芝神明宮では、九月十一日から二十一日までの間、祭礼が開かれる。

色々な見世が出るのだが、とりわけ土生姜《つちしょうが》の店が有名で、〝生姜市〟の異名をとる。

祭を間近に控えて、参道は人の活気に充《み》ちていた。

「何かおもしれえ話がごぜえやしたか」

清兵衛の赤ら顔が穏やかに綻《ほころ》んだ。

おもしろい話も何も、竜蔵が訪ねて来る時は、何か自分に聞きたいことがあるに決まっているのだが、

「今日はまた何の御用で……」

などと尋ねるのは、どことなく、大好きなこの旦那に対して偉そうではないかと思い、清兵衛はこんな風に自ら話しかけるのである。

「親方は、高輪牛町で口入屋をしている、由五郎という男のことを知らねえかい」

知り合いが、この口入屋で職を捜そうとしているのだが、その由五郎の評判がよくないのでためらっている――それゆえどういう男なのか、清兵衛なら知っているかと思い来てみたのだと、参道での道すがら竜蔵は清兵衛に言った。

「牛町の口入屋の由五郎……」

どうやら清兵衛にも安にも聞き覚えはないらしい。

その程度の奴に、竹中庄太夫が翻弄されているということは残念であるが、

「ちょいと、知っていそうな奴をあたって参りやしょう」

と、竜蔵と清兵衛が〝あまのや〟に入るや、安は踵《きびす》を返した。

こういうところ、浜の清兵衛の身内は、時を無駄にしない。

竜蔵と清兵衛が、この茶屋の名物〝焼団子〟を食べつつ、世間話を始めてすぐに、安は戻って来て、自分の弟分に由五郎のことを知る者がいたと、竜蔵に報《しら》せた。

その弟分を連れて来ればよいものだが、

「まだ、旦那に目通りできるほどの者じゃあござんせん」

竜蔵と会わせて喋らせるのはよいが、うっかりと他所《よそ》で、竜蔵が由五郎のことを知りたがっていたと口をすべらせれば、迷惑がかかるやもしれない――安から見て、ま

だ口の堅さが頼りない弟分のようだ。

安は、仕入れた情報をしっかりと頭の中に入れていた。

普段は、お調子者の町の兄《あに》さんであるが、安のすることはいつも行き届いている。

清兵衛という親方の、乾分《こぶん》への仕付けが徹底しているのであろう。

世の中の裏に通じる香具師の身内ともなれば、失言や口の軽さがそのまま流血に繫がる厳しさの中で生きている。

当然のことなのかもしれないが、太平の世に生きる武士達のだらけきった様子と比べると、町場での気楽な暮らしを送りつつ、こことういうところは、張り詰めた緊張を漂わせる彼らの生き方には、感心させられる竜蔵であった。

ともかく、安の話によると——。

由五郎は、庄太夫と同じ、浅草誓願寺門前に生まれたが、子供の頃から乱暴者で、いつしか町の破落戸《ならずもの》となり、十五の時には一端《いっぱし》、地廻りのお兄《あにい》さんを気取っていた。

伝法の吾助《ごすけ》という俠客に取り入り、盛り場で用心棒などして暮らすうちに、一廉《ひとかど》のやくざ者として一本立ちをした後、吾助が高輪で口入屋を開いてすぐに、泥酔して船から落ちて死んだことから、跡を継いでこの〝真砂屋《まさごや》〟の親方に収まった。

「といっても、頭の中はまるで空っぽの馬鹿でやすから、商売の方は番頭に任せて、手前《てめえ》は親方とおだてられ、睨みを利かしているつもりのようで……」

由五郎を知っているという安の弟分は、由五郎のことを、快くは思っていないらしい。

それが、安の口ぶりから窺い知れる。

「盛り場の用心棒をしていたというが、由五郎ってのは、そんなに腕っ節が強いのかい」

竜蔵が問うた。

「まあ、腕っ節が強いったって、たかがしれてまさあ。派手な喧嘩で名を響かせたわけではなし、強《つえ》え男なら、あっしも安も名を知らぬはずがありませんや」

清兵衛が、安の返事を待つまでもなく、こう切って捨てた。

「そんなら、ただ格好をつけた馬鹿かい」

「そのようで……」

安が笑った。

「旦那のお知り合《え》えの人に、言っておあげなさいやし。口入屋なんぞ、親方の顔で、いくらでも気の利いた所がありやすから、〝真砂屋〟なんぞとは関わり合いにならない方がいいって……」

「そうかい。そんならそんな風に言っておくから、何かの折にはまた、いい口入屋を教えてやってくんな」

「承知致しましてごぜえやす」

安の横で、清兵衛がにこやかに頷いた。

「いつも世話になり通しだな。もうすぐ祭だ。おれに何かできることがあったら言っておくれ」

「そんなら、祭の間、時折この参道を歩きに来てやっておくんなさいやし」

「歩くだけでいいのかい」

「へい、この辺の喧嘩好きも、旦那を見ただけで温和《おとな》しくなっちまう。ただ、歩いてやっておくんなさい」

「わかった。お易《やす》い御用だ……」

その時までに、竹中庄太夫の屈託を晴らしてやろう。その上で、神森新吾も一緒に三人で祭を楽しむことにしよう――。

意に染まぬ剣術指南をするくらいなら、喧嘩の仲裁をしてでも糊口を凌ぎ、己の剣に妥協を許さず、生きていこうと、一人で三田の道場に籠《こも》ってきた竜蔵を、〝変わり者〟だと切り捨ててきた世間の中で、ただ一人、押しかけるように入門してきた庄太夫であった。

愛すべきこの歳上の弟子をいたぶる奴は許せないと、竜蔵の胸の内で、由五郎への嫌悪が沸々と煮えたぎってきた……。

四

長月の九日。重陽の節句。

武家には、武術の師に挨拶に行く風習がある。

早朝に、本郷喜福寺《きふくじ》にて、亡師、藤川弥司郎右衛門の墓参を済ませた峡竜蔵は、その後、三田二丁目の道場で、竹中庄太夫、神森新吾両名の門人から挨拶を受けて、すぐに佐原信濃守の屋敷へと出かけた。

この日も峡道場の稽古はなく、まだ体の節々が痛む庄太夫には、好い休日になったわけであるが、もしや昨日、お才に打ち明けた心情が既に竜蔵に伝わっていて、何か言われるやもしれぬと、内心緊張をしていた庄太夫は、賀儀を述べるや、あっさりと出て行ってしまった竜蔵に、何やら肩すかしをくらった格好となった。

だが、別れ際に竜蔵は、

「庄さん、その歳で無闇《むやみ》に稽古をしたって、体を痛めるだけだ。それじゃあ肝心な時に力が出ねえよ。明日はいい稽古をしようぜ」

そう告げた。

――師匠にあのようなことを言わねばよかった。

いつもと変わらぬ、豪快で親しみ深い笑顔を向けてくれた竜蔵であったが、その口ぶりを思うに、やはりお才からは何か聞いているようにも感じられる。

――先生とて、何と言葉をかけてよいやらわからぬに違いない。

四十男が、昔の苛めっ子に出会い、そ奴との対決に、心千々に乱れている――まだ年若《としわか》で喧嘩に滅法強い竜蔵には、到底理解できることではないだろう。

少し日がたてば、怒りや憤りは治まるものである。

人は、嫌なことを忘れられるようにできているからだ。

庄太夫は、生まれてこの方、色々な怒りを忘れてきた。

喧嘩をしても負けるに決まっている非力な身には、それが何よりの世渡りであったのだ。

だが、今度ばかりは違っていた。

時がたつにつれて、あの由五郎のことが腹だたしく思われて、この手でぶちのめしてやりたいという願望が募ってくる。

「明日は、いい稽古をしようぜ……」

師・竜蔵のこの言葉を受けとめて、家へと帰った庄太夫は眠れぬ夜を過ごした。

――いい稽古とはどういうものか。

竜蔵ほどの剣客が言うのだ、お才から話を聞いた上で、あれこれと考えてくれたのに違いない。

翌朝になって、節々の体の痛みも和らぎ、庄太夫は、気合充分に道場に向かった。

〝老人を労るような稽古〟に甘んじてきた庄太夫にとっては、家から道場への景色さえいつもと違って見える程であった。

この日、神森新吾は、直心影流《じきしんかげ》第十一代の的伝《てきでん》、赤石郡司兵衛《あかいしぐんじべえ》の道場に、竜蔵のはからいで、稽古をつけてもらいに出かけていた。

峡道場の門人としての位置付けは違っても、やはり庄太夫の息子ほどの新吾には、あれこれ伏せておいてやりたいこともある。

庄太夫への特別稽古をつけるにあたって、竜蔵は気を遣ってやったのだ。

「庄さん、体はもう痛まぬか」

「はい。まだ少し、脇腹辺りが痛うございますが……」

二人だけの道場である。思う存分稽古をつけてもらいたいと、庄太夫は言った。

「まあ、そうしゃかりきになることもないさ」

「師匠から話はお聞きに……」

「ああ、聞いたよ。由五郎って野郎をぶちのめしたいんだって？」

「はい……」

庄太夫は大きく頷いた。

「先生からすると、仮にも武士が素町人相手に喧嘩をするのに、何をむきになっているのかとお思いでしょうが……」

「いや、ちょいと気になる女の前で、格好をつけたくなる気もわかるよ」

「え……」

「庄さんも隅に置けねえな。その女将に気があるんだろ」

竜蔵は、庄太夫を肘で突いた。

華奢《きゃしゃ》な庄太夫の体は、それだけで一間ばかりよろめいた。

「いえ、気があるというかその……」

「隠さなくてもいいよ。ぶちのめしてやろうと思ったが、その女将の前でもし後れをとったら格好がつかねえ。それで、ひとまずその場を離れたが、後で思えばあの時、殴ってやればよかった。その腹だたしさを、稽古にぶつけちまった……。そういうことだろ」

「まあ、それは……」

峡竜蔵には、うまい具合に言っておくと、お才が胸を叩いたのはこのことであったのか——。

〝まつの〟の女将・お葉の前で格好をつけたのは事実であったが、本当はかつての苛めっ子が三十年たった今も恐しくて、不様にも逃げた。

お才は、庄太夫の告白のその部分を、うまい具合に省いてくれたのだろうか。

しかし、竜蔵は庄太夫にあれこれ考える間を与えずに、

「すっきりしねえことを胸に抱えたまま暮らすのは体に毒だ。庄さん、明日にでも由五郎って野郎をぶちのめしておやり」

あっさりと言った。

「明日……」

「ああ、〝濱清〟の親方に調べてもらったら、由五郎はいつも昼下がりに、〝まつの〟に出かけては、女将の気を引こうとしているらしいぜ。まあ、庄さんが気に入った女のことだ。まさかそんなクソ野郎に傾いたりはしねえだろうが、ここはひとつ、男としてしっかりと決めてやらねえとな」

「はい……」

「気の無え返事をするなよ。由五郎は腕っ節の強さを自慢しているらしいが、ただのはったりだそうだ」

「それも、清兵衛の親方が……」

「まあ、念のためにその辺のところも調べておいてもらったよ」

「それは御面倒をおかけしました……」

「水くさい物言いはやめてくれよ。こっちも庄さんがふさいでいちゃあ、調子が出ねえからな。明日にでも行って、ぶちのめしておやりよ」

またも竜蔵は事も無げに言う。

だが、このように言われると、緊張や恐怖も何やら薄らいでくる。

竜蔵は続けた。

「とは言うものの、思いこみってものは厄介だ。おれもそうなんだが、前に一度立ち合って負けた相手には、今度もまた負けるんじゃねえかという思いがつきまとうもんだ」

「真《まこと》にその通りで……」

庄太夫は神妙に頷いた。

あの日、由五郎と再会した時、かつて痛い目に遭わされた想《おも》い出ばかりが蘇り、それが庄太夫を金縛りにあったかのように、動けなくした。

「由五郎って野郎は、昔、がき大将だったそうだな。男ってものはいくつになっても、子供の頃の喧嘩の強さが心に残るもんだから厄介だ」

「はい、厄介です……」

庄太夫には、道場の床に向かい合って話しているこの若き師が、いつもの数倍大きく見えた。

竜蔵の、戦うことへの探求はさすがのものである。

「そこで庄さんに稽古をつけてやろう」

「はい！」

庄太夫は勢いよく立ち上がった。

「まずその声だ。静かに話しておいて、ここ一番大声を張りあげてやる。喧嘩にはこういう息と間が何よりも大事なんだ」

「はいッ！　死に物狂いで参りますので何卒《なにとぞ》よしなに……」

「だからそんなに張り切らなくてもいいよ。ただ目を見開いて、そこに立っているだけでいいから」

「それだけでよいのですか」

「ああ、まあこれは稽古というよりは、御祓《おはらい》ってところかな」

「御祓……？」

首を傾げる庄太夫に、

「きっと目を閉じぬように、動かぬようにな」

竜蔵は、野太く、気合を込めた声で指図すると、愛刀・藤原長綱二尺三寸五分をゆっくりと腰に差した。

「よいな！　何があってもおれの目を見ろ！」

「はいッ！」

「動くな！」

「はいッ！」

対峙《たいじ》する竜蔵は、凄《すさ》まじい形相《ぎょうそう》となった。

何度ともなく、真剣をもって命のやり取りをした者だけが持つ、えも言われぬ恐しい気が、目から光となって放たれていた。

庄太夫は、自分よりはるか歳下のこの剣の師に〝軍神《いくさがみ》〟を見た。

「えいッ！」

裂帛《れっぱく》の気合と共に、抜く手も見せず振りあげられた白刃は、庄太夫の頭上一寸の所に、落とされ、ぴたりと止まった。

恐怖に足が竦《すく》んだが、それでも庄太夫は、目を見開いたままでいた。

「やあ！」

そして、さらなる一刀が、庄太夫の右の首筋に、続いて左の首筋すれすれの所で止まった後、白刃は鞘《さや》に納められた。

「これでよし。庄さん、もう憑《つ》き物は落ちたよ」

「お、落ちましたか……」

竜蔵の言葉に、庄太夫は唸《うな》るように応えた。

「これではったり野郎に負けることはない」

「そのような気がしてきました……」

「いいかい。真っ直《す》ぐに由五郎を目指して、歩み寄るんだ。それでいい間合になったら、左にひとつ、右にひとつ、頬げたにくらわせる。乾分が何人居ようが、はったり野郎の乾分などたかがしれている。かかってきやがったら、叩っ斬《き》ってやればいいさ」

「はい。叩っ斬ってやります」

「おれは助太刀はしねえよ」

「先生の御力を借りるまでもありません」

「その意気だよ、庄さん」

「では、明日、けりをつけて来ます」

庄太夫の口から、勇ましい言葉が次々と出た。

竜蔵が放った真剣での凄まじい技――それを急所すれすれに受け止めた興奮が、庄太夫の闘志をとてつもなく高揚させていた。

竜蔵の御祓によって、庄太夫の心の奥底に取り憑いた、苛めっ子による劣等感は、見事に追い払われた。

「由五郎、このおれを甘く見るんじゃねえぞ……」

武芸の師・峡竜蔵の口調で呟《つぶや》く竹中庄太夫は、今宵《こよい》もまた眠れそうにない。

五

さて、その夜のこと。

三十年に渡って、竹中庄太夫の心の奥底に取り憑き、いたぶって尚、再会の後も喧嘩を吹っかけてきた、かつての苛めっ子・真砂屋由五郎は、牛町の酒場に居た。

そこは、店の構えもなかなか大きな居酒屋で、由五郎が情婦《いろ》にさせている店であった。

「渡世を生きる者に女房はいらねえ……」

などと、格好をつけている由五郎は、鬼瓦《おにがわら》のような顔をして、身のほど知らずにも女好きで、それゆえ決まった妻を持たず、〝まつの〟の後家・お葉に執心しているのである。

もちろん、この居酒屋では情婦の手前、お葉のことなど曖《おくび》にも出さず、引き連れた若い衆の前で、親方、親分、兄ィを気取っている。

かの俠客・幡随院長兵衛《ばんずいいんちょうべえ》は、口入屋を営んでいたという。

乱暴者の子供が、何の教養にも目覚めぬまま、腕っ節ばかりで大人になると、昔の大親分を気取るくらいしか能がなくなるようだ。

だが、どう何を気取ったとて、鬼瓦は鬼瓦でしかない。

「あん時の喧嘩を、お前達に見せてやりてえもんだぜ……」

遥《はる》か昔の武勇伝を、講訳師の如く脚色して、したり顔で悦に入っている由五郎の様子は不粋極《ぶすいきわま》りない。

「向こうは二本差が五人。こっちは吾助の兄ィと二人だけだ。そりゃあ危なかったけどよう。二本差が恐くて田楽が食えるかってんだ。兄ィとおれとで材木を振り回してやったら、さっさと逃げやがった……」

侍なんてものは、まったくだらしないものだと、由五郎は何度話したことやしらぬ武勇伝を締め括《くく》った。

「あの〝ぼうふり〟くれえになると、もうどうしようもねえなあ」

そして〝まつの〟で、竹中庄太夫と邂逅《かいこう》した折、供に連れていた若い衆に、そう言うと由五郎は腹を抱えて笑いだした。

「あの〝ぼうふり〟、久し振りに会ってみたら〝蚊蜻蛉〟になってやがった。まあ、それも出世といやあ出世だなあ……」

「まったくでござえやすねえ」

若い衆は追従《ついしよう》笑いに体を震わせた。

「あの〝ぼうふり〟が、虫けらの分際で、お葉の前でおつに澄ましやがって、あん時いっそ、格好つけるんじゃねえやぼうふり野郎……! なんて、両手で叩いてやりゃあよかったぜ」

由五郎の笑いは止まらない。

店の入れ込みの端。定席にしている三脚の長床几に乾分達と陣取る由五郎に、他の客達も追従笑いを浮かべていた。

「まあ一杯飲みねえ！」

由五郎の口入屋で仕事を見つけた連中は、ここで由五郎に出会うと、酒を振る舞ってもらえるゆえの追従なのだが、それが、この幡随院長兵衛気取りをますます調子にのらせるのである。

その由五郎の笑いがふっと止まった。

店に入って来た一人の浪人が、由五郎の前を通り過ぎる時、その鞘に刀の鞘をぶつけたのである。

そのまま通り過ぎる浪人に、由五郎は気色《けしき》ばんで、

「ちょいと待ちねえ……」

と、呼び止めた。

見れば浪人は一人である。

薄汚れた単《ひとえ》を着流した様子はいかにも精彩がなく、勇み肌を五人ばかり引き連れている由五郎にとっては何も恐くない。それに、

「侍なんてまったくだらしがない……」

などと威勢のいいことを口にしていた手前、黙っては見逃せない。

ずに出た。


「うむ？　おれのことか……」

三十になるやならずの浪人は、とぼけた顔で由五郎を見た。

――気に入らねえ野郎だ。

人間の性質というものはなかなか変わらないものだ。四十を過ぎて尚、何かというと腕ずくでけりをつけようとする荒くれた習性が思わず前に出た。

「お前に決まっているだろう。男の顔を鞘ではたいて、そのまま通り過ぎるたあ、どういう料簡だ」

つい、凄んでしまう由五郎であった。

「鞘が当たったか。それはすまなかったな、いや、この薄汚い店の入れ込みが狭苦しいからいけない……」

「薄汚い店だと……」

ここは情婦にさせている店である。いちいち腹の立つ奴だと、由五郎はさらに顔をひきつらせて、

「手前《てめえ》、この素浪人が！　おれに喧嘩を売りやがるのかい！」

ついに吠《ほ》えた。

それが号令となり、若い衆が一斉に立ち上がって、浪人を睨みつけた。

浪人は相変わらず、とぼけた顔で、

「ああそうか、ここはお前の店なのか。それなら言っておくぞ。もう少し床几の間を通りやすくしておけ」

「もう勘弁ならねえ……。この、真砂屋由五郎をなめるんじゃねえぞ！」

怒り心頭に発した由五郎を見て取って、喧嘩自慢の若い衆が、浪人にいきなり殴りかかった。

しかし、若い衆の節くれ立った拳《こぶし》は虚《むな》しく空をきり、反対に、浪人が素早く繰り出した、電光石火、手練の鉄拳《てっけん》が、若衆を一撃で吹きとばし、失神させた。

「て、手前……、やりやがったな……」

由五郎が何とか強がった言葉を発した時には、乾分達は浪人に、殴られ、蹴《け》られ、投げとばされて、全員、地に這《は》っていた。

「あ、あ……」

それなりに鉄火場を踏んできた由五郎であったが、これは喧嘩の域を越えている。

神業だ。

ただ、口をあんぐりとあけて、見ているしかなかった。

由五郎の情婦も店の客も、浪人の動きに見とれてしまって言葉にならない。

「おう、何か文句があるのかい。口入屋の親分よう」

「お、おみそれ致しました……」

浪人に睨まれて、由五郎はへなへなとその場に座りこんだ。

「手前、調子に乗りやがったら、叩っ殺すぞ！」

追い討ちをかけるような、浪人の野太い声での一喝に、由五郎は縮み上がった。

一見、まるで精彩がない素浪人と思った男は、人の姿をした〝鬼神《きじん》〟のようである。

名を聞くことさえ憚《はばか》られたが、その名を知れば由五郎も納得したであろう。

今年の春まだ浅き頃、この辺の荒くれ牛持人足《うしもちにんそく》達の間に起こった大喧嘩を、たちまちのうちに仲裁してみせた喧嘩無敵の剣客・峡竜蔵こそ、この浪人の名であるのだ。

竜蔵は、竹中庄太夫に喧嘩必勝の稽古をつけた後、ぶらりとここへやって来た。

荒くれた気性が変わらないのは竜蔵とて同じだ。

この店に由五郎が居ると聞きつけ、庄太夫を苛めていたという、このクソッタレに喧嘩を売りに来たのである。

「おう、真砂屋の親分よ。長生きしたけりゃあ、ようく胸の内に刻んでおきな」

竜蔵は、木偶《でく》のように固まる由五郎をさらに睨みつけた。

「お前は弱えんだ。そのことを忘れるな」

「へ、へ、へい……」

「侍を馬鹿にする度胸は買ってやる。だがな、中にはこういう侍もいるから気をつけろ」

言うや竜蔵は、腰の刀を抜き放ち、一閃《いっせん》させると再び鞘に納めた。

次の瞬間、傍の床几が真っ二つに割れていた。

「ひ、ひえ〜ッ！」

由五郎、今度は腰を抜かした。

竜蔵にけ散らされた若い者達は、やっとのことで起き上がったが、これを見て死んだふりを決めこんだ。

「いいか、お前は弱い。そして、人は見かけによらぬものだ。だからこそ気をつけろ」

「わ、わかりました……。旦那のお言葉は、忘れやせん……」

「いい分別だ」

竜蔵はニヤリと笑って、由五郎の肩をポンと叩くと辺りを見回した。

「ところで、四十過ぎの浪人を見かけなかったかい。背は低くて、痩せていて、笑うと顔が皺《しわ》だらけになる、人のよさそうな男なんだがな」

「いえ……。ここで会うことになっていたんですかい」

「店を間違えたのかもしれねえな」

「何と仰《おつしや》る御方です」

「竹中と言うんだがな」

「竹中……」

「竹中庄太夫。昔の名前が平七郎だ」

「竹中平七郎……」

由五郎の元に戻りかけた顔色が再び蒼白《そうはく》となった。

「そ、その御方は……」

「おれの剣術の一番弟子さ」

「剣術の一番弟子……」

「歳は随分と上だが、強くなりてえと、一念発起して弟子になったんだ。見かけは弱そうだが凄腕だ。こういう奴は性質《たち》が悪い。気をつけろよ」

「へい……」

由五郎の声はますます小さくなった。

「恐らくおれが店を間違えたようだ。邪魔をしたな……」

かくして竜蔵は、暴れるだけ暴れると、由五郎の前から立ち去った。

死んだふりを決めこんでいた若い者達は、恐る恐る起きあがって、

「お、親方……」

口々に呼びかけると、由五郎の様子をそっと窺い見た。

「今まで、生きてこられてよかったぜ……」

由五郎が溜息交じりに呟く声が、彼らに届いた。

その表情からは、今までの荒くれた凄味と毒気がすっかりと消えていた。

六

「いや、まったく先生、拍子抜けでございました……」

「そんなら由五郎って野郎は、お葉という女将の店には……」

「はい、〝まつの〟には一向に現れず。それで、女将に〝真砂屋〟への道筋を尋ねまして……」

「由五郎の口入屋に乗りこんだのかい」

「はい」

「庄さん、やるじゃねえか」

「時機を逃がしては、せっかくこの身に湧きおこった気力が萎《な》えてしまうと思いまして……」

「なるほど、女将は庄さんの身を案じただろう」

「はい、まあ、その……、何をしに行くのか尋ねられました」

「まさか、親方を殴りに行くつもりじゃあないでしょうね……。なんぞと女将は言ったか」

「はい」

「この前は、店に難儀が及んではならぬと引き下がったが、このままでは男の一分《いちぶん》が立たぬのだ女将……！　なんぞと庄さんは答えたわけだ」

「はい……」

「竹中先生。それはなりませぬ。竹中先生の身にもしものことがあれば、お葉はこの先、何として暮らせばようございましょう……。と、女将は……」

「そこまでは言いませんでした……」

「女将も愛想がねえな……」

「ともかく喧嘩をするなと諌《いさ》められましたが、それを振り切って口入屋へ」

「由五郎は居やがったのか」

「はい、店の奥の帳場に、馬鹿面をして、座っておりました」

「そこからは、この峡竜蔵が教えた通り……」

「はい。真っ直ぐに由五郎を目指して、歩み寄りました」

「何か言ってやったかい」

「おう由五郎、お前の望み通り、今日は殴りに来たぜ……」

「なかなかいいじゃないか。で、由五郎はどう出た?」

「いや……。これがまた拍子抜けでして……」

「ほう……」

「わたしの顔を見るや、怯えた顔をして。平七郎さん……。この前は下らねえことを言っちまって申し訳ありやせん。いや、昔のことを思い出すと何やら懐かしくて、つい、あんなことを……。面目ねえ、とにかくおれを殴っておくんなせえ……。などと、しどろもどろになりやがりましてね」

「きっと、歩み寄る庄さんの顔付きが、随分と恐かったんだろうよ」

「そうでしょうか……」

「強がって喧嘩を売るようなことを言ったものの、向こうの方も心の内では、庄さんの出方が気になっていたんだよ。だから、〝まつの〟に行って、もし庄さんと会うことになったら嫌だから口入屋に居た。ところが、そこへ庄さんが一人で殴りこんできたんだ。そりゃあ、恐くなるさ」

「先生の抜身を間近にこの目で見たわたしですからねえ。もう何も恐いものなんてありませんよ」

「それで、左にひとつ、右にひとつ、頰げたにくらわせてやったかい」

「いえ、怯えた顔で手を合わす由五郎を見ていたら、こんな奴のことを気にかけていた我が身が情なくなってしまいまして、殴る気も失《う》せました」

「庄さんは優しいねえ。おれはそういうの好きだなあ」

「ふッ、ふッ、それで、昔あいつにやられたのと同じように、両手で蚊を叩くように、頰をぱちりと……」

「はたいてやったんだね。それで、気がすんだかい」

「はい。先生、ありがとうございました……」

日暮れて尚、祭の日を迎えた芝神明の参道は、人の波に充ちていた。

峡竜蔵が、竹中庄太夫に取り憑いた、かつての苛めっ子への恐れを祓った翌日のこと。

参道の茶屋〝あまのや〟の、表に出された長床几に並んで腰かける、この珍妙なる剣の師弟の姿が見られた。

〝宿敵・由五郎〟との決戦は、件《くだん》の結末に終わった。

由五郎が決まって昼過ぎにはやって来るという、高輪の休み処〝まつの〟に、気合充分に向かった庄太夫であったが、終始拍子抜けの中、竜蔵への報告となったのである。

庄太夫が〝ほの字〟のお葉は、庄太夫の身を案じて、そっと、口入屋〝真砂屋〟に、様子を見に来たという。

「庄さん、いいところを見せられてよかったじゃねえか」

竜蔵に肘で突かれて、床几からずり落ちそうになる庄太夫は、

「まあ、その……」

と、照れ笑いを浮かべた。

パシリと由五郎の両頰を挟み打ちにして、颯爽《さっそう》と立ち去る庄太夫に、お葉はうっとりとした目を向けたのであろう。

それを尻目に、近頃は鬢《びん》も薄くなりはじめた、この小柄な中年おやじが澄まし顔で

歩く様子は、想像するだけで笑えてくる。

からからと爽やかに笑う竜蔵の横で、庄太夫はしかしすぐに、何やら複雑な表情となった。

「先生、何か手を打ってくれたのですね……」

「どういうことだい」

「たとえば、わたしが殴りに来たら黙って殴られるように、由五郎を脅したとか……」

庄太夫はそれなりに世情に通じている。

あまりの由五郎の変わりようを見るに、そう思わずにはいられなかったのである。

「何を言ってるんだい……」

竜蔵はにっこりと笑って、軽く庄太夫の肩を叩いた。

「由五郎を殴りに行くのに、おれはついていかなかった。啖呵《たんか》を切ったのも、パチリとやったのも庄さんだろ」

「まあ、それはそうですが……」

「おれが、庄さんに喧嘩の勝ち方を教えて、庄さんが見事に勝った。それだけのことさ。もう、あんな、むきになって稽古をするんじゃねえよ」

「いや、しかし……」

「庄さんには庄さんの稽古の仕方を、おれは考えているからさ」

「それはありがたいことですが、こんな弱々しい弟子が居ては、峡道場の名に傷がつきます。もっとわたしは強くなりませんと……」

「強くならなくってもいいよ。庄さんには、おれがついているんだから」

「先生……」

「竹中庄太夫はおれの剣の弟子だが、おれの人生の師でもある」

「人生の師……」

「ああ、その人生の師をいたぶるような奴がいたら許さねえ。おれがぶちのめしてやるよ」

「先生は、立派な剣客にお成りになる身。いちいちわたしなんぞのために……」

「いや、この先、門弟が三千人を数えようとも、おれは庄さんのことを苛めるような奴がいれば、そいつを許さねえ。そのかわり庄さん、おれに、この若造の峡竜蔵に知恵を借しておくれな。どうせこの先、いつも一緒にいるんだ。持ちつ持たれつていこうじゃないか」

　竜蔵は再び庄太夫の肩を叩いた。

その庄太夫の目に、たちまち涙が溢れてきた。

「どうしたんだよ、庄さん……」

「知恵を借せと言うなら、ひとつ教えて進ぜましょう。先生も、後十五年もすれば、涙の栓が緩んできますから御用心を」

「そいつは困ったな。おれは今だって緩んで仕方がねえっていうのに……」

顔をしかめる竜蔵の横で、庄太夫の涙の栓はますます緩んだ。

「竹中庄太夫は幸せ者にございます……。この歳になって、骨を拾ってくれる人に出会った……。喧嘩の仕方を教えてくれる人がいる……」

人目を憚らず庄太夫は、惚れこんだ男の優しさに、心地よく涙を流すのであった。

「庄さん、一回りするぜ。清兵衛の親方に、祭の間は、参道をうろうろしてくれと頼まれているんでな」

「はい、お供をします」

自分自身が泣きそうになり、竜蔵は庄太夫を促して立ち上がった。

「それから、あの二人と一杯やろう」

竜蔵の視線の先に、若侍を一人従えた、ちょっと婀娜《あだ》な女が居て、こちらへ向かってくるのが見えた。

　お才と神森新吾である。

〝ぼうふり〞は、〝棒振り〞の中で、自分の確かな居場所を得た――。

「おお、二人共、これへ来ていたか。どうじゃな。祭を害する馬鹿者共はおらなんだかな。そんな輩《やから》は、左にひとつ、右にひとつ、頰げたにくらわせてやらぬとな。はッ、はッ、はッ……」

　涙の栓を締める庄太夫に、いつもの口調が戻った。

「祭の間は、雨に祟《たた》られねばようございますな……」

　やがて並んで歩き出した四人は、心配そうに夜空を見上げた。

　庄太夫の言うことはいつも薀蓄《うんちく》に充ちている。

　この時分、江戸には秋雨が多いのだ。

第三話　赤いまげかけ

一

「ということは、その、七つか八つくらいの娘《こ》が道端で泣いているのを見てから、竜さんの様子がおかしくなったってことかい」

「わたしはそう思いますね。それまでは先生、いつもの調子で、新吾、新吾と、わたしをからかっていましたから」

「何だか腑《ふ》に落ちないねえ……」

「しかし、そうだとしか考えられません」

「庄さんはどう思っているんです」

「それが何かのきっかけになったのではないかな」

「きっかけ……?」

「では、竹中さんは、その前から先生は、様子がおかしかったと……」

「そういうことだな」

「どんな風におかしいんです？」

「どういう風にと言って……。少し前から時折、遠くを見て、溜息《ためいき》をおつきになることが、多くなったような気がせぬか」

「そう言われてみればそのような……」

「それが、七つ、八つの子供を見て、元々あった気がかりが、湧《わ》き出した……。やっぱり、あたしにはさっぱりわかりませんねえ」

「新殿、その子供は先生の存じ寄りであったのかな」

「いえ、通りすがりの町の母娘《おやこ》であったと。赤いまげかけが何とも愛くるしい子でした」

「何か母娘で話していたか？」

「手習いで、隣の子にぶたれたと言って、べそをかいていました。それはあんたのことが好きだからよ……などと、子供を母親が宥《なだ》めて。頰笑《ほほえ》ましい様子でしたがねえ」

町の方々で、銀杏《いちょう》の葉が黄色に染まり始めたある夜のこと——。

芝田町《たまち》二丁目にある、居酒屋〝ごんた〟で、三人の男女が、峡竜蔵のことを案じていた。

三人が、常磐津《ときわず》の師匠・お才、峡道場の門人、竹中庄太夫、神森新吾であることは言うまでもない。

その数日前。

峡竜蔵は、神森新吾を連れて、直心影流第十一代の的伝《てきでん》を得た、赤石郡司兵衛の道場へ、稽古《けいこ》をつけてもらいに出かけた。

赤石道場は下谷《したや》車坂にある。

ここからは、かつて竜蔵が内弟子として暮らした、長者町の藤川道場もほど近い。

稽古の帰りには、藤川家を継ぐ、弥八郎近常《やはちろうちかつね》を訪ね、その溌剌《はつらつ》とした姿に触れ、

「弥八郎殿、腕を上げられましたな……」

と、大喜びをした竜蔵であった。

弥八郎は、竜蔵の亡師である直心影流第十代・藤川弥司郎右衛門の孫でまだ十二歳の幼年である。

弥司郎右衛門には男子が無く、同じ土岐《とき》家に仕える河野家から婿養子を迎えて、藤川家を相続させようとした。

それが、次郎四郎近徳《じろうしろうちかのり》で、弥八郎の実父である。

しかし、次郎四郎は、昨年、弥司郎右衛門の後を追うように、三十八歳の若さで早

世してしまった。

そのため、弥八郎は今、赤石郡司兵衛の後見を得て日々稽古に励んでいる。

まだ子供ながら、藤川の名に恥じぬ剣士になると心に誓い、自ら厳しい稽古を課す弥八郎の姿は、元より情に脆《もろ》い竜蔵の胸をうった。

「新吾、弥八郎殿は二、三年もすると、大した腕になるぞ。その時、稽古で打ち込まれぬよう、しっかり励めよ……」

藤川道場を辞すと、竜蔵はしばし胸を熱くさせながら、からかうように何度も新吾の肩を叩《たた》いたものだ。

そこに現れたのが、件《くだん》の〝赤いまげかけ〟の女児であった。

そして、それ以来、峡竜蔵から、いつものあの豪快な笑い声が消え、溜息混じりに、何やら思い入れに浸ることが多くなった。

おオ、庄太夫、新吾の三人がこれを気にせぬはずがない。

こっそりと三人で寄り集まって、今宵《こよい》の談合となったのである。

師弟三人しかいない峡道場は結束が堅い。

先日、かつての苛《いじ》めっ子〝真砂屋由五郎〟に再会し、庄太夫が胸の内に屈託を抱えた折には、竜蔵があれこれ気を遣った。

それを深く恩義に感ずる庄太夫は、

「今度は某《それがし》が……」

そんな想《おも》いが特に強い。

新吾は気付いていなかったが、竜蔵が何やら切ない溜息をつくようになったのは、庄太夫が真砂屋由五郎に、三十年前の仕返しをしてのけた頃からのように思われる。

そこに、〝赤いまげかけ〟の女児……。

「ということは、何やら子供の頃のことを先生は思い出されたのかもしれぬな」

いや、そうに違いないと、庄太夫は推測した。

「まあ、そんなところでしょうねえ……」

しかも、深刻なことではないはずだと、お才がこれに同意した。

「竜さんは昔から、大変なことには騒がずに、下らないことであれこれと気を病む人だから。その内下らないことをいつまでも胸の内に抱えこんでいるのに疲れて、庄さんにぽつりぽつりと話しかけてきますよ……」

結局その夜は、竜蔵と一番付き合いの長い、お才のこの言葉で、会合はお開きとなった。

お才の読みは正しかった——。

翌日。

いつもの道場での稽古を終えた後、竜蔵は湯豆腐で一杯やろうと母屋の居間に庄太夫を誘った。

親許《おやもと》から通っている新吾はよいが、独り者の竜蔵と庄太夫は外食以外は誰が食事の用意をしてくれるわけではなし、時折こうして二人で夕餉《ゆうげ》をとる。

朝夕はすっかりひんやりとしてきた頃である。豆腐好きの竜蔵には、火鉢にのせた小鍋《こなべ》をつつきながら燗《かん》酒を聞《きこ》し召す――これが何よりの楽しみとなる。

豆腐だけでは物足りないので、時に鯛《たい》の切り身を塩焼きにして添えたり、帆立を入れたりして工夫を加える。

今宵は豆腐の他に大したものがないので、庄太夫が山芋を擂《す》った。

これを小鉢によそって、醬油《しょうゆ》をかけ回し、昆布でとった鍋の汁を少しばかり注ぎ、さらに燗酒を滴《したた》らせ、刻み葱《ねぎ》をふりかけ、そこに煮えた豆腐を放《ほう》りこんで食べるのだ。

豆腐を食い終われば、酒盛りが終わり、小鉢のとろろは、炊きあげた麦飯にかけて夕餉の仕上げとする。

「さすがは庄さんだ。食い方に無駄がない。この先、真似《まね》をさせてもらうぜ」

手早く用意を整えてくれた庄太夫を持ち上げつつ、うまい、うまいと、豆腐の味を

噛《か》みしめた竜蔵は、酒が進むにつれ、喋《しゃべ》り口調も滑らかになってきて、

「庄さん、嫌な話をむし返すようで悪いが教えてくれねえかい……」

やがて、こんなことを言い出した。

やはり、お才が推測したように、何か話を聞いてもらいたかったのだ――。

「はい、何なりと」

その方が話し易《やす》いだろうと、庄太夫は、鍋に豆腐を入れたり、湯を足したり、忙しそうに立ち働きながらこれを聞いた。

「その、何だろうな……。おれには覚えがねえからわからねえが、子供の頃に苛められた思い出はどんな奴だとて、大人になってもついてまわるものなのかねえ……」

やはり子供の頃の話で竜蔵はふさいでいたのだと、庄太夫は確信した。

「そうですねえ、一概には言えませんが、わたしの場合は大人になるにつれて、どうしてあの時、ちょっと頭を使って、苛めてくる奴に仕返しをしなかったのか……。それが悔やまれましてねえ……」

子供の頃に今の知恵は無し、体格の違いはどうしようもなく、必然的に弱い者は無抵抗になる。

だからこそ、苛められた思い出は、時が痛みを和《やわ》らげてはくれるものの、心の奥底

に深い傷となって残るのだと、庄太夫は竜蔵の問いに正直に答えた。

「そうだろうなあ……。うん、そりゃあそうだ。弱《よえ》え者にとっちゃあ、何とも腹立たしいことだろうなあ……」

それを聞いた竜蔵は、しみじみと頷《うなず》くと、あの切ない溜息をついた。

――そうであったか。どうしてそれに気付かなかったのであろう。

ここに至って庄太夫には、お才の言う、竜蔵の〝下らない悩み〟がわかった。

竜蔵は、子供の頃に誰かを苛めていて、先日の庄太夫と真砂屋由五郎との一件に際し、そのことを思い出したのであろう。

剣に長じ、俠気《きようき》ある者――。

〝剣俠〟として生きることを信条とする竜蔵ではあるが、未《いま》だに直情径行の乱暴者で、〝俠気〟が〝狂気〟に変わることも度々である。

峡道場に入門者が寄りつかないのは、それゆえのこと。

そんな峡竜蔵が、子供の頃はがき大将で、誰かを苛めたことがあったとて、何もおかしくない。

そして、二十八歳となり、少しは人の痛みも知り自分がしでかした数々の悪さを、反省できるようになった今、その記憶に心が痛むのに違いない。

「ですが先生、考えてみると、子供の頃のことです。苛められるこちらに知恵がなかったのと同じように、苛める側にも人としての分別がついていなかったのでしょう。大人になって人を苛めていたことを思い出して、どうしてあんなことを言ってしまったのか、してしまったのかと、胸を痛めている者も多いのではないでしょうかねえ……」

庄太夫は竜蔵の胸の内を慮《おもんぱか》って、優しい口調で語った。

「ああ、そうだ。やっぱり庄さんは人というものをよくわかっているねえ。大したもんだ。苛められて尚《なお》、苛めた者の痛みも気遣う……。うん、庄さんは大したもんだ……」

深刻な表情で、額に皺をよせていた竜蔵の顔がたちまち華やいだ。

庄太夫は内心、してやったりとほくそ笑んで、鉄瓶のような銚子《ちょうし》でつけた燗酒を、竜蔵の小ぶりの湯呑《ゆの》み茶碗《ぢゃわん》に注《つ》いだ。

「先生、この竹中庄太夫に打ち明けて下さいませ。わたしが昔、苛められていて、四十を過ぎた今も、その腹だたしさを忘れていないことをお知りになって、先生もまた、子供の頃のことを思い出されたのですね」

「ああ、そういうことなんだよ。庄さん……」

問われて竜蔵は、茶碗の酒をぐっと飲み干して、穏やかに頷いた。

――どうしてもっと早く気付いて、聞いてあげられなかったのか。

そもそも今度のことは、庄太夫の屈託が、形を変えて竜蔵に乗り移ったようなものではないか。

庄太夫は、今度は自分が竜蔵の屈託を晴らしてあげる番だと、身を乗り出した。

小鍋の湯気の向こうで、照れ笑いを浮かべる竜蔵の顔は、少年のようにあどけなかった。

二

峡竜蔵が、父・虎蔵の強さに憧《あこが》れ、藤川弥司郎右衛門の内弟子として、下谷長者町の道場に寄宿し始めたのは十歳の時であった。

あまりの虎蔵の破天荒ぶりに、母・志津は虎蔵との夫婦別れを決意し、実家に戻ってしまった。

その時、竜蔵は父母どちらにもつかずに、弥司郎右衛門の許《もと》へととびこんだのであるが、それまではというと、虎蔵、志津、竜蔵の一家三人は、藤川道場からほど近い、神田相生町《あいおいちょう》の表長屋の一軒に住んでいた。

虎蔵はここを根城に道場へ通い、時に武者修行の旅に出たりして、己が気の向くまに剣客の道を歩み続けた。

志津はというと、留守がちな虎蔵に代わって家を守り、国学者である父・中原大樹の頼みに応じ、この家で写本に励みつつ、竜蔵を育てた。

気丈で聡明な志津は、自ら竜蔵に読み書きを教えたが、他人と交じり合うことも大事だと思い、竜蔵が六つの時から、近くの儒者が開く手習い所に通わせた。

三つの時から、父・虎蔵が師範代を務める藤川道場に出入りし、玩具《おもちゃ》替わりに木太刀を手にとった竜蔵のこと——手習い所ではたちまちがき大将となった。

「はッ、はッ、先生の悪童ぶりが目に浮かぶようでございますな」

昔話を語り始めた竜蔵に、庄太夫は目を細めた。

「悪童ではあったが、庄さん、おれは弱い者苛めはしなかったよ」

「そりゃあそうでしょう。先生はそういうお方です。でも、一人だけ、どういうわけだか苛めてしまった子がいたのですね」

「わかるかい……?」

「はい。子供の頃は、わけもなく傍《そば》にいるだけで苛々《いらいら》してしまう……。そんな相手の一人や二人いるものです」

「庄さんにもいたかい」

「はい。二人くらいいました。今、思い出しても、苛々する理由がわからない……。もっともわたしは、先生のように腕っ節が強くなかったので、苛々したからといって、叩いたり蹴《け》ったりすることはござりませなんだが……」

「ところが、おれはその相手を、小突いたり、叩いたりして、何度も泣かしちまった……」

その相手は、おまつという女児であった。

おまつは、竜蔵が住んでいた長屋の裏手にある〝嘉兵衛店《かへえだな》〟という棟割《むねわり》長屋に住んでいた。

ここは裏長屋とはいえ、腕のいい職人達が多く住んでいて、おまつも植木職の娘で、母親はいつもおまつには小ざっぱりとした身形《みなり》をさせていた。

「髪にかかった赤いまげかけが何とも愛らしかったのだが、ちょっとおしゃまな様子が、暴れん坊のおれには気にいらなかったのかねえ……。ある時、おれの傍へ寄ってきて、帯がちゃあんと結べていないなんぞと言うものだから、あっちへ行きやがれと突いてやったら、柱に頭をぶつけて、わんわん泣いて……。おれは家へ帰ってから、お袋に散々にぶちのめされたっけ……」

そんなことがあってから、おまつは竜蔵の傍へ寄りつかなくなったし、竜蔵も母親からの折檻《せっかん》を恐れて、おまつには一切構うことはないままに、藤川道場に内弟子として入り、いつしかおまつのことも忘れてしまった。

「だがな、庄さん……。大人になるにつれて、あの時、柱の前で泣いていた〝赤いまげかけ〟が何かの拍子に思い出されて、おれはどうしてあの娘にあんなひどいことをしたのかと、胸をギュッと摑《つか》まれるような、切ない気分になってなあ……」

それがこのところは、身の転変の慌《あわただ》しさに、記憶の彼方《かなた》に追いやられていた感があったのだが、庄太夫が子供の頃、苛められて悲しい想いをしたという過去に触れ、また頻繁に思い出すようになったのだ。

そこに、先日、神森新吾を連れての稽古帰りに、道端で見かけた〝赤いまげかけ〟の童女――。

手習いで、隣の子にぶたれたと泣いているその子供の様子に、

「どうにもこうにも、やりきれねえ想いにとらわれちまったんだよ……」

竜蔵は、何か引っかかることがあると、深く考えこんでしまう自分の癖を嗤《わら》った。

いや、それが先生の堪《たま》らぬ魅力なのだと、庄太夫が酒を注ぐ……。

悩める若き剣客を、随分と歳上《としうえ》の弟子が励ます——いつもの竜蔵と庄太夫の宴は、それからしばしの間続いた。

そして、さらにその翌日の昼下がり——。

大振りの酒徳利を手にした竜蔵の姿が、神田相生町にあった。

竹中庄太夫に勧められてのことである。

一度、幼少期を過ごした町を訪ねてみたらどうかと、庄太夫は言った。

訪ねてみたところで、件のおまつは、どこかへ嫁いでいて、とっくに居ないであろうが、その消息くらいは知ることができよう。

きっと今頃は人の親となり、落ち着いた暮らしを送っているに違いない、おまつの噂《うわさ》話を聞いて、

「そういやあ、がきの時分にあの娘《こ》を苛めたことがあったような……。どうしてあんなことをしたものか。今となっちゃあ赤面の至りだ。ここにおまつが居りゃあ、手をついて詫《わ》びてえものだ……」

などと言って、豪快に笑いとばせばよいのである。

いつかそんな竜蔵の言葉が、おまつ本人に伝わろう。

それでいいではございませぬか……。庄太夫は竜蔵にそう言って長屋に行くことを勧めたのだ。

そう言われてみれば、真《まこと》にそれが、心の引っかかりを消すに最良の方法であると、竜蔵には思われた。

下谷界隈《かいわい》から離れて一年余り。一度、昔馴染《なじ》みを訪ねてみるのもよい。

思い立つとじっとしてはいられない竜蔵は、こうして酒を手土産に、早速やって来たのである。

かつて親子三人で過ごした表長屋は、立ち並ぶ武家屋敷と通りを挟んだ所に、今もそのまま建っている。見れば表の土間に手が加えられて、煙草《タバコ》を商っているようだ。

「煙草屋になっていたとは気がつかなかったぜ……」

早速店に入り煙草を買い求めると、愛想の良い中年男が、二月《ふたつき》前にここへ越してきて店を始めたのだと言った。

父・虎蔵の刀を抜いて柱に斬《き》りつけた跡もしっかりと残っていて、その由《よし》を告げると、店の主は目を丸くして、

「左様でございましたか。昔、ここにお住まいに……。それならば、この柱の疵《きず》は、大事においておきましょうほどに、お立ち寄りの際は、どうぞ眺めにおいで下さいま

し」

　と、煙草の代を受け取らなかった。

「いい人が住んでいてくれてよかったよ……」

　竜蔵は煙草屋の主に礼を言うと、晴れ晴れとした思いで、横手の路地にある木戸を潜《くぐ》った。

　そこからが目当ての〝嘉兵衛店〟である。

　何軒も並んだ、間口二間、奥行き三間の裏長屋に、かつて竜蔵が子分にしていた悪童達が住んでいた。おまつも居た。

　何かというとここに浸っていた竜蔵を、長屋の住人達は、〝竜さん〟と構ってくれたものだ。

　藤川道場に内弟子として入った後も、何度かここへ立ち寄ったことがあったが、最後に来てから十年以上にもなる。

「竜さんじゃないか……」

　長屋の内に足を踏み入れた竜蔵を、早速一人の男が呼び止めた。

「ああ、春《はる》おじさん、達者そうで何よりだな」

　男は春吉《はるきち》という錺《かざり》職人である。

いつも家でコツコツと仕事をしているが、すぐに嫌になって表に長床几《ながしょうぎ》を出してぼんやりと煙管《キセル》を使っているので、ここへ来て必ず初めに出会う住人であった。

「ああ、やっぱり竜さんだ……。よく来なすったねえ」

春吉は抱きつかんばかりの歓迎ぶりで、とにかくかけてくれと、竜蔵に長床几を勧めた。

子供の頃は、いかにも頑固な職人の親爺《おやじ》という様子の春吉であったが、いかつかった顔には丸みができて、髪もすっかり白くなっている。

竜蔵には、そんな春吉が懐しくもあり、どこか切なくもあった。

「何やら無性にここが恋しくなっちまって、酒徳利片手にやってきたってわけさ……」

竜蔵がそう言うと、春吉は喜び勇んで、長屋の連中を長床几の周りへと寄せ集めた。

たちまち懐しい顔が揃《そろ》った。

当時、子供であった仲間はすっかり大人になり、小父《おじ》さん、小母《おば》さん達は、爺《じ》ィさん、婆《ば》ァさんとなっていた。

悪童の子分であった、助七《すけしち》は大工に、梅次《うめじ》は左官の立派な手間取《てまとり》になっていた。

二人共、仕事から戻るや竜蔵の傍に、長床几やら鞍掛《くらかけ》を出してきて、これに腰を下ろして、竜蔵との再会を喜んでくれた。それから先は、あれこれ肴《さかな》を持ちよって、昔話に華が咲き長屋の路地での楽しい酒宴となった。

——来てよかった……。本当に来てよかった。

例の如《ごと》く、竜蔵の胸の内は熱くなった。

義理人情に厚く、何かというと思い悩むくせをして、納得できないことがあると誰かれなしに突っかかる竜蔵は、藤川道場でも腕が立つだけに孤立することが多かった。

三田の道場に移ってからは、次第に町の者達からは、その人柄を愛されるようになったものの、これほどまでに歓迎を受けることはない。

十年以上も会っていない自分を温かく迎えてくれる居所が、ここにあったことにどうして今まで気づかなかったのであろうか。

そして、幼少の頃に少しの間しかこの辺に住んでいなかった竜蔵を、悪童仲間だけならいざ知らず、こうやって年寄り連中までが懐しんでくれることに、竜蔵ははっきりと亡父・虎蔵の影を見た。

「竜さんのその笑い声、虎旦那《だんな》にそっくりだ……」

春吉は、何度もそう言っては涙をにじませた。

長屋の衆は一様に虎蔵を慕っていた。

「倅《せがれ》が世話になってすまねえな。あの悪ガキがあれこれ迷惑をかけているんじゃねえかい」

虎蔵はそう言っては、今の竜蔵と同じように酒徳利をぶら下げて長屋を訪ね、こうして酒を酌み交わしつつ、皆の悩み事など聞いてやったという。

春吉などは、喧嘩《けんか》になった破落戸《ごろつき》達に殴り込まれたところを、

「何度も虎旦那に助けてもらったもんだ……」

そうである。

虎蔵は破落戸達を叩き伏せると、必ずその後、手打ちまで見届け、叩き伏せた連中とまで友達になったという。

「あの親父《おやじ》が……」

竜蔵は苦笑するしかない。

喧嘩の仲裁で方々を走り回り、自分もまた亡父と同じことをしていると思い知らされたからだ。

皆が慕った〝虎旦那〟の忘れ形見が、今こうして屈強の剣客となって、父親そっくりの声で笑い、酒を飲み、長屋の衆の話に耳を傾けている――。

年配の住人にとっては、こたえられない風景なのだ。

「あの親父が、そんなに皆から慕われていたとは思わなかったよ」

「何を言ってるんだい。わたしは本当に、大好きだったねえ……」

と溜息交じりに言ったのは、今ではすっかりと鬢《びん》も薄くなり、歯も抜け落ちた、大家の嘉兵衛であった。

「皆にはいい男だったかもしれねえが、おれはあの暴れ者に何度、叩き殺されそうになったことか」

夫婦別れまでしてしまった型破りな父親に、随分と泣かされたものだと、父親を誉《ほ》められる照れくささも手伝って、竜蔵は憎まれ口をたたいたが、

「物わかりのいいやさしい親父なんてものはおもしろくも何ともありませんよ」

嘉兵衛はしみじみと言う。

「そういえば、そんなことを誰かにも昔、言われたなあ……。そうだ、捨吉《すてきち》の父つぁんはどうしているんだい」

「捨吉つぁんは三年前に、死んでしまいましたよ」

竜蔵の問いに、嘉兵衛はさらにしみじみとして答えた。

「死んだ……。そうか、おれが子供の時、もう爺さんだったものなあ……。そうか、死んじまったか……」

「捨吉つぁんが生きていれば、今の竜さんの姿を見て泣いて喜んだろうなあ」

故人を偲《しの》ぶ春吉の声に、堪らず竜蔵は落涙した。

子供の頃、虎蔵に悪さが知れて、折檻から逃げ回った時、決まって匿《かくま》ってくれたのが、捨吉であった。

大変な親父を持ってしまったと嘆く竜蔵に、

「お前さんのお父つぁんは大した人だよ。子供の機嫌をとろうなんてケチな考えはこれっぽっちもねえ。虎旦那は竜さんに思い出をたんと与えてくれているんだ。ありがてえとお思い。物わかりがよくて、やさしい親父よりも、おっかねえ親父の思い出の方が、大人になりゃあ随分と役に立つもんだぜ……」

そう言っては、若い頃に見聞きした面白い話を聞かせてくれた。

当時は鋳掛《いかけ》屋をしていた捨吉であったが、本《もと》を正せばどこかの店の若旦那であったそうで、放蕩《ほうとう》が過ぎて勘当となり、この長屋に流れて来たという。

それだけに、捨吉がしてくれた話は、読本《よみほん》を語り聞かせてくれているが如く面白く、竜蔵を迎えに来る母・志津までもが、しばし家へ帰らずにその話に聞き入ったものだ。

「ああ、そんなことなら、早いこと父つぁんの顔を見に来ればよかった……」

竜蔵は人目も憚《はばか》らずに、ポロポロと涙を流し、それがまた虎蔵の情の脆さと同じだと、長屋の衆の涙を誘うのであった。

こうして長年の空白を感じさせない、長屋での一時にすっかりと心がほぐれた竜蔵は、すんなりとこの度の〝嘉兵衛店〟訪問の主題である、おまつの話に触れることができた。

庄太夫と打ち合わせたように、子供の頃は何度か泣かせた相手だけに気になっているのだと切り出してみると、おまつはもう随分と前に、植木職人であった父親を亡くし、母親と共に長屋を出て、母親の兄が上野山下に出しているそば屋へと住居を移していったという。

「何だ、そうだったのかい。それじゃあ、おれが最後にここにきた時は、もう長屋を出ていたのかい」

「そういうことになりますねえ」

大家の嘉兵衛が言うには、おまつはそこから屋根葺《ふ》き職人の許へ嫁いだが、すぐに事故でその亭主を失い、再び母親の許へ戻ったら、今度は母親も病に倒れ亡くなったそうな。

きっと今頃は人の親となり、落ち着いた暮らしを送っているのではと思ったが、どうもそれからのおまつは、苦労が絶えなかったらしい。

「いや、そいつは気の毒なことだったんだなあ……」

竜蔵の脳裏に、〝赤いまげかけ〟を揺らしながら手習い所で泣いていた、子供の頃のおまつの姿が浮かんだ。

「その後はどこへも嫁がずに……?」

「いえ、吉次《きちじ》とかいう髪結いと一緒になったそうで」

転居した者の消息までしっかりと摑んでいるのは、昔から面倒見のよい、大家の嘉兵衛ならではのことである。

再嫁したと知り安堵《あんど》する竜蔵の横で、

「え? そうなのかい……」

助七が素頓狂《すっとんきょう》な声をあげた。

「今でも山下の伯父さんの蕎麦屋を手伝っているようだからてっきり独りでいるのかと思っていたよ」

「あの娘は助七、お前なんぞと違って働き者なんだよ」

嘉兵衛がいつもの〝小言幸兵衛《こうべえ》〟の顔に戻って、これをバッサリ斬り捨てた。そして、

「だが、吉次なんかと一緒になって苦労をしねえかなあ……」

吉次は、博奕《ばくち》好きのおめでたい男なんだと梅次が訳知り顔で言うのを、

「梅次、お前が人さまのことを偉そうに言えるのかい。お前こそまともになって、早く嫁をもらいな」

と、返す刀でやり込めた。

「大家殿、そいつはおれも耳が痛えよ……」

助七と梅次の間で、竜蔵は首をすくめて見せた。

笑いに包まれる路地の中で、

「まあとにかく、昔、おれが小突いて泣かせたおまつも、あれこれあったものの、収まるところに収まったってわけだ。まあこれでほっとしたよ。今度、車坂の道場へ稽古に行ったら、帰りにその蕎麦屋に寄って昔のことを詫びてみようか。はッ、はッ、はッ……」

気分もすっかりと晴れた竜蔵は、ここへ来るきっかけを与えてくれたあの日のおまつの泣き顔に、心の内でしっかりと手を合わせたのである。

三

昼下がりの下谷広小路には、人が溢《あふ》れていた。

東叡山《とうえいざん》の楓《かえで》が紅葉しはじめている。

北へ向かう人の方が多いのは、少し気の早い江戸っ子が、紅葉狩《もみじがり》に出かけるためであろうか。

その雑踏の中に、峡竜蔵の姿があった。

今日は神森新吾を連れていない。

時折、違った所で稽古をさせることは大事であるが、まだまだ剣の下地が新吾にはできていない。

しばらくは、三田の峡道場で、型と素振りを徹底してやらせることにしたのだ。

そういうわけで、この日は車坂の赤石道場に単身、稽古に出かけた竜蔵であった。

竜蔵の荒々しい剣風は、沢村直人《さわむらなおと》を筆頭に、一部の赤石郡司兵衛門下の弟子達には歓迎されていない。

特に、何事も理詰めでくる沢村とは反りが合わず、顔を見るとぶちのめしたくなる。

郡司兵衛から、時には稽古に来いと言われながらも、今まで殆《ほとん》ど行くことがなかったのは、いくら直情径行が売りの峡竜蔵も、現在、直心影流の道統を継ぐ、この偉大な兄弟子の道場では暴れられまいという、竜蔵なりの遠慮があったからだ。

しかし、今は曲がりなりにも道場を構え、門人が居て、大身《たいしん》の旗本屋敷へ出稽古に赴く身となった。

師範としての自分を高めるためには、やはり大師範に教えを乞《こ》うしかない。

そう思い立ち、車坂へ時折は足を向けるようになった竜蔵を郡司兵衛は、

「おぬしも少しは大人になったな……」

と、喜んでくれている。

そして今はその帰りである。

手習いで苛められたと泣いていた、〝赤いまげかけ〟の童女には出会わなかったが、
これからその二十年後の一人の女に会いに行くのだ。

広小路を進み、上野山入口の黒門前に突出した土堤《どて》を北へと入り、右へと切れて行くと火除《ひよ》け地として整えられた広場に出る。

ここが、〝上野山下〟で、見世物小屋、水茶屋、料理屋が立ち並ぶ繁華な所だ。

おまつの伯父が営んでいるというそば屋は広場へ出てすぐの所にある。

小体《こてい》の店だが、主の九兵衛《くへえ》は女房に先立たれ、おまつが手伝ってくれることで、随分と助かっているそうだ。

丸に九の字の紺暖簾《こんのれん》を潜ると、そば汁《つゆ》の香ばしい香が鼻を心地よく刺激した。

客の出入りが一段落ついたのか、店には客が一人、そばを啜《すす》っているだけで、竜蔵

の姿を見て、大釜の湯煙が立ちこめた板場から、

「いらっしゃいまし……」

と、小女《こおんな》が一人出て来た。

「よう、久し振りだな。おれがわかるかい」

その小女が、おまつであることはすぐに知れた。

男ばかりを引き連れて遊んでいた竜蔵には女の手習い子の思い出はまるでないのだが、大泣きさせてしまったあの日のおまつの顔が、二十年たった今も目に焼きついて離れなかったから、おまつの顔だけはわかるのである。

「竜さん……ですよね……」

おまつは、少しはにかんで応《こた》えた。

「いや、この前、嘉兵衛店に立ち寄ったら、お前がここに居ると聞いてな……」

「助七さんと梅次さんがちょっと前に食べに来てくれて話は聞いていたんですよ。近いうちに竜さんが来るんじゃないかって……」

「そうかい。助と梅がもう来ていたかい。奴らもいいところがあるじゃねえか」

「竜さん、今では三田に道場を構える、剣術の先生だそうですね。立派にお成りになって……」

おまつは、眩《まぶ》しそうに竜蔵を見て頬笑んだ。

はっきりとした目鼻立ちなど、面影はしっかりと残っているものの、利かぬ気に充《み》ちていた、幼ない頃の少しとがった顔つきは、穏やかで控え目な、大人の女の柔らかいものに変わっているように思えた。

「下谷の車坂に稽古へ行った帰りでな。いや、達者そうで何よりだよ」

「車坂には時折お稽古に？」

「ああ、それだから、この先ちょくちょくとそばを食いに来るよ」

「ありがたいわ。竜さんのような強い人が出入りして下されば心強いもの……」

竜蔵は奥の板場へ続く通路の両脇に設《しつら》えられた畳台に腰を下ろすと、天ぷらそばを頼んで、手習いに通った頃の思い出話などして、おまつとの再会を懐しんだ。

挨拶《あいさつ》に出てきた伯父の九兵衛も、いかにも実直で人の好《よ》さそうな様子であったし、店もなかなかに繁盛しているように見えた。

子供の頃、泣かせてしまった詫びなど、今さら言わずとも、噂を聞きつけ、こうしてそばを食べに来て、達者な様子を喜んだのだ。

竜蔵のおまつへの優しい気持ちは充分伝わったはずだ。

これで、竜蔵自身の、おまつへの罪滅ぼしもできた。

この先〝赤いまげかけ〟を揺らして泣いている童女の幻影からは、解き放たれるはずであった。

だが、懐しい再会を果したというのに、竜蔵の胸の内はどうもすっきりとしなかった。というのもおまつの体から、えも言われぬ〝翳《かげ》り〟が漂っているように思えたからだ。

それが、今は幸せに暮らしていてくれなくてはならないおまつの、不幸せな日常を物語っているような気がした。

その〝翳り〟の要因が、おまつの顔に表われていた。

白粉《おしろい》でうまくごまかしているものの、おまつの頰《ほお》は腫《は》れていた。

武芸を極める竜蔵には、その腫れが、何者かに殴られた跡であることは容易にわかる。

それが気になるからなのか、おまつは、腫れている左頰をできるだけ、竜蔵には見られぬように仕草を整えている。

そういえば――

先日〝嘉兵衛店〟で飲んだ時、幼馴染の梅次は、髪結いの吉次のことを〝博奕好きのおめでたい奴〟と言っていた。

おめでたいだけならいいが、博奕狂いのやくざな男であったとしたらおまつの頬の腫れは、亭主の吉次に殴られた跡に違いない……。

「髪結いの旦那とは、よろしくやっているんだろうな」

竜蔵は冗談交じりにおまつに問うてみて、その反応を確かめてみた。

「ええ……」

おまつはふっと笑った。

それは否定とも肯定ともとれぬ笑いであったが、あまり聞かれたくないことであるのは、微《かす》かに浮かんだ動揺でわかる。

相手の心の動きを読むのは剣の極意に通ずる。

吉次との夫婦仲が芳《かんば》しくないことは、話を聞いていた伯父の九兵衛が、何ともやりきれない表情を浮かべたことからもわかった。九兵衛はそれからむっつりと黙ってしまった。

「そうかい、それならいいんだが……」

何かあったらおれに言ってみろと、竜蔵は目でおまつに語りかけたが、

「よろしくやっているような、やっていないような……。夫婦なんてそんなものですよ」

という風に、おまつはこの話題から巧みに逃げた。

やはりおまつの頬の腫れは亭主に殴られたものに違いなかった。

だが、夫婦喧嘩は犬も食わぬと言う。

大人ともなれば、顔の腫れが愛の証《あかし》ということもある。

余計なことを考えずに、子供の頃、苛めてしまったおまつという女の幸せを祈って帰ればよいのだ。

そう思ううちに、近くの見世物小屋から出前の注文が来て、それを潮に、これを運ぶおまつと別れた。

「うまいそばだったよ」

おまつを見送り、割り切れぬ想いながらも、九兵衛に代を払い、片手拝みで店を出ようとした時――。

外から聞き覚えのある声が近づいてきた。

「峡竜蔵は朝の内、稽古をして帰ったようだな。よし、昼からの稽古には出るとしよう……」

声の主は、赤石道場の門人で、竜蔵とは犬猿の仲の沢村直人であった。

今日は、朝の間、竜蔵が稽古に来ると聞いて、道場には顔を出さなかった沢村である。

それが、他の門人達を引き連れて、この店にそばを食べに来たようだ。

「言っておくが、おれは峡竜蔵など、何も恐くはないんだ。あいつの剣は荒っぽいだけで、太刀筋がなっていないだろう。だから、奴と立ち合ったりすると、こっちの太刀筋までおかしくなるってもんだ。わかるだろう、ああいう邪剣の主とは立ち合わないことだ。赤石道場の剣は直心影流にあっては、王道を歩まねばならないのだ……」

得意の剣術論を弟子達に聞かすうちに熱が入り、沢村はついにそば屋の表で立ち止まって話し始めた。

竜蔵は店を出ようとして紺暖簾の蔭《かげ》で、沢村の講釈を一通り聞くと、頃やよしと外へ出た。

そば屋の内から、いきなりぬっと現れた竜蔵を見て、沢村は見事に固まった。

連れの門人達は、竜蔵の姿を目《ま》のあたりにして、愛想笑いを浮かべると、

「御免くださりませ……」

逃げるようにして、沢村一人をその場に残して立ち去った。

「沢村殿……。太刀筋のことは申し訳ございませなんだ……」

皮肉たっぷりに畏《かしこ》まって頭を下げる竜蔵に、

「あ、ああ、……、おぬし、居たのか……」

沢村はしどろもどろとなった。

「ふむ、そうかなるほど居たのか……」

何がなるほどなのかわからない。

「手前をぶちのめしてやりてえが、まあいいや。お前、ここのそば屋にはよく来るのかい」

竜蔵今度は声を押し殺した。

「来てはならぬのか」

「来ているかどうか聞いている。来ているならちょいと尋ねたいことがある。教えてくれたら、さっきの蔭口、忘れてやるぜ」

まるで破落戸のような奴だと顔をしかめつつ、町中で竜蔵を怒らせて大変な目にあうのは御免だ。

沢村はゆっくりと頷いた。

「ちょいと付き合ってくれ……」

山下の雑踏に、やがて竜蔵と沢村の姿は呑みこまれていった――。

四

「はッ、はッ、左様にございましたか。会ってまた気がかりがひとつできたわけでございますな」

「おれはまったく何をやっているんだろうなあ。我がことながら嫌になるよ」

「いやいや、それが先生の良さなのですよ」

「きっと、成さねばならぬことの順序が狂っているのだろうな。これで立派な剣客になれるものかねえ……」

「剣客である前に、まず人たれ、男たれ……。で、ござりましょう」

「ふッ、ふッ、庄さん、覚えたな……」

それは師である弥司郎右衛門、そして父・虎蔵が教えてくれた大切な言葉だった。

その夜も更けた。

しかし、峡竜蔵の住居の居間には、未だ明かりが点《とも》っていて、何とも温かい湯気が仄《ほの》かに漂っている。

子供の頃、苛めた女子《おなご》に会いに行き、今の幸せを確かめ旧交を温める——。

竜蔵ならではの企みに、すっかり興をそそられた竹中庄太夫は、〝軍師〟として、あれこれ竜蔵に知恵を授けた。

それが見事に功を奏し、懐しい長屋の昔馴染みとの再会によって、その人情に触れた竜蔵は、すっかり上機嫌で、屈託も失《う》せ、晴れ晴れとした心地でこのところを過ごしていた。

そして今日はいよいよ、噂のおまつを訪ねると聞いて、軍師の面目躍如たる庄太夫は、代書《だいしょ》の礼に百姓からもらった野菜で、けんちん汁などを作って竜蔵の帰りを待っていた。

しかし、竜蔵は、新たなる屈託を持って帰って来たのであった。

困った先生であるが、庄太夫にとっては、知恵の絞り甲斐《がい》があって、何とも楽しい。

あれから――。

竜蔵は九兵衛のそば屋を出ると、沢村直人を五条天神の境内に連れ込んで、普段のおまつの様子を聞いた。

「竜蔵、お前、ああいう女が好みなのか……」

「馬鹿野郎！　あれはおれの幼馴染で、久し振りに会ったら、何ともやつれてしまっていたから、日頃はどうしているのか聞いてみたかったんだよ」

「そうか、おぬしも暇なんだな……」

「何だと！　まあ、暇と言われてみればそうかもしれぬが……」

　こんなやり取りを経て、沢村から聞いたところでは、この一年くらいの間、九兵衛のそば屋によく行くようになったのだが、おまつの様子はいつもどことなく陰気で、竜蔵が見たのと同じように、沢村の目から見ても、顔の腫れを白粉でごまかしていることが多いと言う。

「かわいそうだが、おぬしの幼馴染は、乱暴者の亭主に、何かというと殴られているに違いない。嫌だねえ、乱暴者は……」

「沢村、お前、おれに言っているのか……」

「はッ、はッ、そう聞こえたか」

「とっとと失せやがれ！　気に入らねえ野郎だな」

「おぬしがここまで連れてきたのだろう……」

　沢村にとっては真に迷惑な話であるが、これで、おまつがたまたま今日、顔を腫らしていたわけではないことがわかった。

「それで先生は、まさかそのことを確かめようと……」

　冷や酒を飲みながら、庄太夫が作ったけんちん汁を、うまそうにたちまち一碗《ひとわん》平らげた竜蔵に、お代わりをよそいながら、庄太夫は尋ねた。

「へへ……。そのまま、おまつが吉次と所帯を持っているという、長屋をそっと覗《のぞ》いてみたんだ……」

竜蔵はいかにも照れくさそうに、庄太夫の手から碗を受け取った。

おまつが、下谷町二丁目の裏店に住んでいることは、先日〝嘉兵衛店〟に行った時、大家から聞いた。

髪結いの吉次は、自分の家で商売をする〝内床〟ではなく、町屋を廻《まわ》る〝廻り髪結い〟である。

日の高いうちは、おまつと共に、長屋に居ることはない。

だが、長屋を覗けば、することがなくて、壊れかけた縁台などに腰をかけ、日がな一日、長屋の連中の動きを眺めているような隠居の一人くらい居るに違いない。

こういう年寄の暇潰《ひまつぶ》しの相手を少ししてやれば、あれこれ、吉次、おまつ夫婦のことを話してくれるに違いない。

武骨な剣客姿ではあったたし、芝神明の〝濱清〟の若い衆・安にでも頼んだ方が、そつなく聞き出せるかとも思ったが、このまま芝へ帰るのもためらわれたし、気が急《せ》いていた。

目指す長屋は、沢村を引っ張って来たあげく、追い払った、五条天神のすぐ裏手であった。

「それで、暇な隠居はおりましたかな……」

庄太夫は、自らもけんちん汁に舌鼓を打ちつつ、話の続きを問うた。

「ああ、手頃な婆ァさんが居たよ」

長屋の露地木戸は、炭屋と提灯《ちようちん》屋の間にあり、どちらも人夫の出入りが多く賑やかだ。

その木戸を出たり入ったりして、時に表にたむろする人夫と話したり、木戸の内に置いた古びた縁台に座って、長屋の女房に声をかけている老婆がいた。

腰は曲がっているが、話す声には張りがあり、なかなか一筋縄ではいかない様子だ。

しかし、それだけに、長屋の全住人の裏事情などすべて知っているという凄味《すごみ》があるのだ。

「婆ァさん、ここに、吉次という髪結いが居ると聞いたのだが……」

竜蔵は縁台に腰を下ろした婆ァさんにずけずけと聞いてみた。

婆ァさんは、人夫達と話しているのを聞くに、おきんというようだ。

おきんは、いきなり自分に声をかけてきた、金剛神のように体が引き締った、いかにも強そうな剣客風の出現に、一瞬戸惑ったが、長年生きてきた勘で、この武士が親

しみの持てる男だと看破し、

——こいつを暇潰しの相手にしてやろう。

そう思いたったらしい。

「ああ、一人居るようだね」

と、まだ抜け落ちずに残る、頑丈そうな歯を見せて頬笑んだ。

「二人もいちゃあ気味が悪いぜ」

竜蔵も笑って、おきんの横に腰をかける。

古びた縁台が、ぎしりと軋《きし》んだ。

「吉次はあいにくおりませんよ……」

名を発する時の声が、どこか憎々し気だ。おきんは、吉次を心好く思っていないのに違いない。

「そうかい。いや、腕がいいと聞いたので、一度あたってもらおうかと思ったんだがな」

「そうでしたか……」

「博奕の借金の取り立てにでも来たと思ったかい」

鎌《かま》をかけるように、こんな言葉を、竜蔵はおきんに投げかけてみた。

「ヘッ、ヘッ、ヘッ……」

たちまち、おきんはこの言葉に反応した。

「あの男の博奕好きを、旦那はお聞き及びで……」

「ああ、ちょいと小耳に、な」

「旦那みたいな御人に、一度半殺しの目に遭わされないと、あの男はもう、どうしようもありませんよ」

「吉次はそんなに、どうしようもない男なのか……」

「ええ、そりゃあもう……。博奕で借金をこしらえる。女房がそれを諫《いさ》めれば、手をあげる。おまつちゃんも大変だ……」

「おまつというのか、吉次の女房は」

「ええ……」

「おまつは、そんな亭主からどうして逃げねえんだ」

「さあ、旦那、そこが男と女のおかしなところさ……」

おきんの話によると、初めに嫁いだ亭主に死なれ、母親にも死なれ、がっくりと世を果無《はかな》んだおまつを、一時支えてくれたのが、吉次であったらしい。

根は優しい男なのだ。男伊達《だて》を気取る、他の髪結い達との付き合いで博奕を打つうちにすっかりのめりこんでしまったが、いつか、それに気付いてくれる日が来るはずだ――おまつはそれを信じているらしい。

「待っているのはいいが、そのうち、あの馬鹿に殴り殺されちまうよ。ほんに御愁傷さまだ……」

おきんは意地悪そうに、ひひひと笑った。

それからは、聞きもしない他の住人の噂話など始めたが、聞くうちに竜蔵は胸糞《むなくそ》が悪くなり、さっさと帰路についたのだ。

「庄さん、今思うと、おまつはおれがいい加減な着物の着方をしたり、筆や紙を散らかしたりするとうるさく意見をしてきたものだ。それでおれは、言い返すことができずに、叩いたり、小突いたり……。それが大人になったら、今度は亭主に殴られて……。それなのに、手前は毎日そば屋で働いて、きっと亭主の借金の穴も埋めてやっているんだろう。こんな馬鹿なことがあるか……」

今日の出来事を語り終え、竜蔵が酒を飲む速度がどんどん上がってきた。

悩める若き剣客の、この姿が大好きな庄太夫は、しばし穏やかな頰笑みを満面に湛《たた》えながら竜蔵の話を聞いて頷いていたが、

「先生、もうその話はお忘れなさりませ」

と、諭すように言った。

「庄さん、このまま放《ほう》っておけと言うのかい」

「では、その吉次を引っ捕えて、この先、おまつを泣かせるようなことをしたら、おれが手前を殴ってやる……。とでも言うおつもりですか」

「いけねえか……」

「いけませんよ。わたしが誰かに殴られて、その仕返しに先生が向かう……そんなことはわけが違いますから」

「だが、話を聞くに、吉次って野郎は許せねえぜ」

「それを決めるのは、誰でもありませんよ。おまつ殿がよいなら、周りは何も言えません。それでよいのです」

「それでよいのか……」

「はい。夫婦のことは当人同士でないと、わからないものがありますから、うっかり余計なことをして、かえって恨まれることになりかねません」

「そうか……。庄さんが言うなら、きっとそれが正しい分別なんだろうなあ」

庄太夫は、無理矢理に自分自身を納得させようとしている竜蔵を、やれやれという想いで見ながら、傍の火鉢で焼いていた餅《もち》を、空になった碗に入れた。

この上からけんちん汁をかけて食べるのであるが、今宵も峡竜蔵とあれこれ語り、酒を酌み交わした満足感が、給仕をする庄太夫の総身から溢れ出ていた。

「さて、先生、仕上げと参りましょう」

「こいつはうまそうだな……」

汁を注いだ碗の中から、じゅッと心地よい音が鳴った。


夫婦のことに首を突っ込むなと竜蔵を諫めた庄太夫であったが、どこまでも突っ走るのが身上の竜蔵が、このままじっとしているとも思えなかった。

その予想通り、次の日の朝、日課にしている素振りと型の稽古を済ませると、竜蔵は熱心に稽古に通ってきている神森新吾を道場に残し、ふらりと出かけた。

行く先は目と鼻の先の三田同朋町――言わずと知れた常磐津の師匠・お才の家である。

世情の軍師は竹中庄太夫であるが、女の想いについてはお才に尋ねるに限る。

果たして本当にこのままで、昔何度ともなく泣かせてしまったおまつへの罪滅しの気持ちは落ち着くのであろうか。

少しでも心にひっかかることがあると、考えこんでしまう竜蔵ではあるが、誰彼なく相談するつもりもない。

男が女に、他の女のことを相談すると、女は問われた男に惚れているわけでもないくせに、意地の悪い一言をつけ加えることが多々ある。

それくらいのことは知るだけに、何事も中立の立場で好きなことを言ってくれるお才の存在は、竜蔵にとってはかなりありがたい。

このところお才の稽古場は、峡道場と違って盛況である。今日も家の前へ行くと三味線《しゃみせん》の音が聞こえる。

お才の弟子のあしらいが巧みであるからだが、下手に訪ねると、お才目当ての男の弟子が減ってしまう。

竜蔵は、小窓から下手な浄瑠璃《じょうるり》を語っている中年男の背中越しに、竜蔵の登場に気付いたお才に頷いて、一筋裏手の甘酒屋に入った。

それが、お才を呼び出す合図であった。

程無く、お才がやって来た。

「近頃は節回しに色気が出てきましたねえ。何処《どこ》かで、いい思いをなさっているんじゃありませんか……」

などと、適当に弟子をあしらって稽古を終えてきたのであろう。

「どうしたんだい、儲《もう》け話なら何もないよ。近頃は大目付様の御屋敷へ稽古をつけに行って、方便《たつき》はしっかりと立っているんだろう……」

おオには、竜蔵が何のために稽古場を覗いたのかはわかっていた。

その上での竜蔵への口上なのである。

実は朝から、庄太夫がお才をそっと訪ねて、こういう理由で、竜蔵が訪ねてくるやもしれぬと告げていた。

どうせ峡竜蔵を守り立てていかねばならぬのだ——お才と庄太夫は、この一義ですっかりと連係がよろしくなってきた。

といって、庄太夫は、竜蔵がおまつ、吉次夫婦の問題に立ち入らぬよう、お才の口からも説いてくれ、などとは決して言わない。

お才の目から見た答えを竜蔵に発してくれればよいと思っている。

前もって竜蔵の登場を予測するのは、少しでもお才に良い答えを捻《ひね》り出してもらうための間を与えるためなのである。

「お蔭さまで、暮らし向きの方は何とかこなしていっているよ」

「それは何よりだねえ、あやかりたいよ……」

軽口を叩くうちに、竜蔵の本音が出てくる。お才は、こうして会話に竜蔵をのせていくのだ。

「人ってものは腹がふくれりゃあ、余計なことに気がいって、下らねえことを知りたくて仕方がなくなるようだ」

「いいことじゃあないか。で、どんなことを知りたくなったんだい」

「夫婦のことだ」

「夫婦……？」

「ああそうだ。この前、昔住んでいた長屋を訪ねて驚いた。おれのあのクソ親父が、信じられねえほど皆に好かれていたんだ」

「あたしも何度か竜さんのお父上を見かけたことがあったけど、今のあたしだったら惚れているね」

「それがわからねえ。人に好かれた峡虎蔵かもしれねえが、女房には愛想尽かされて逃げられやがった」

「ふッ、ふッ……、そう考えると夫婦ってものは奥が深いねえ」

「そうかと思えば、誰が見たってどうしようもねえ下らぬ男と、殴られても蹴られても、別れられねえ女がいる。お才、こいつはどういうことだ」

「それはあたしにもわからないよ」

「何だ、わからねえのかよ……」

「その人の気持ちになってみなけりゃねえ。あたしの母親は、あたしの誰だかわからない父親に心から惚れていたようだけど、死ぬまで一緒に暮らすことはなかった……。惚れた腫れたは、人それぞれなのさ」

「人それぞれか」

「それに、あたしは所帯を持ったことがないから、女房の気持ちなんてわからないねえ」

「なら、ひとつだけ教えてくれ……。お前が、これだけは亭主にしてはならねえと思っているのは、どんな奴だい」

「それは……。金にだらしなくて、何かというと女に手を上げる男だね」

「やはりそう思うか。そんならおれと同じだ……」

「いくら惚れていたって、女の身でお金のことはどうにもならないし、殴り合ったって男には敵《かな》わない……。どうしようもないことで苦労させられてはたまったもんじゃないよ」

「そうだな……。うむ、そうだよな。よし、わかった！」

竜蔵は、お才と並んで座っていた長床几から勢いよく立ち上がった。

「お才、手間をかけたな。今度、軍鶏《しゃも》でも奢《おご》らせてくんな」

そして、甘酒をぐっと飲み干すと、片手拝みで走り去った。

「ちょっと竜さん、そんな甘酒の飲み方はないよ……。ああ行っちまったよ。ここの甘酒の御代どうしてくれるんだよ……」

しかめっ面のお才の目の奥は笑っていた。

「余計なことを言ったと、庄さんに叱《しか》られるかしらねえ……」

その庄太夫は、竜蔵を待ち受けるかのように、道場の前に佇《たたず》んでいた。そして、お才の家から勇躍戻ってきた竜蔵の表情を見て、すべてを悟ったのである。

「庄さん……」

「おや、お出かけでしたか……」

「色々考えたんだがな。おれはやはりどうも、このままおまつのことを放っておいていいとは思えねえんだなあ……」

庄太夫の顔を見るや、竜蔵は遠慮がちに言った。

「そう言うと思って、わたしも、いいお節介の焼き方はないかと、あれこれ考えて参りましたよ」

「本当かい……」

「はい……」

この風変わりな師弟は、悪戯《いたずら》を企む子供のように、ニヤリと笑い合った。

いつの間にやら江戸の町は冬を迎えていた。

すっかり冷たくなった風が、残り少なくなった一年の終わりを思わせ、人の胸を切なくさせる。

だが、この二人には一切の憂えはない。

「えい！　やあ！」

と、道場の内からは、一人素振りをくれる神森新吾の勇ましい声が聞こえてくる。

竜蔵の屈託が、〝嘉兵衛店〟に久し振りに出かけたことによって、すっかり晴れたことを庄太夫から聞かされ、新吾は安心してまたこのところ稽古に打ちこんでいるのである。

「お二方で、何をまた企んでいるのですか……」

若き純粋な新吾に呆《あき》れられるのも気が引ける。この企みは新吾には内緒だ。

二人はそっと道場を離れた。

五

「手前、おれをこけにしやがるのかい！」

男の怒声の後に、パシッという鈍い音がして、女の唸《うな》るような声が聞こえた。

「また、ろくでなしが女房をぶってやがるよ。まったく懲りない二人だね……」

長屋の露地に居て、一軒の家から漏れ聞こえる物音に、耳を傾けている老婆が、ヒヒヒと笑った。

老婆は、先日、峡竜蔵を相手に、あれこれ他人の噂話に暇を潰した、あの下谷二丁目の裏店の住人・おきんである。

となると、一軒の内に居るのが、竜蔵の幼馴染のおまつと、その亭主の髪結い吉次であることは言うまでもなかろう。

竜蔵がこの裏店の様子をそっと探りに来てから三日目の朝――。

髪結いの手間を入れるどころか、おまつの知らぬ所で借金を作り、女房の手を煩わせている吉次は、持ち合わせがないので銭を回してくれといつもの無心をした。

何かの折には、髪結い道具のひとつも新調しなければならないだろうと、そば屋を手伝いせっせと貯《た》めた分が一分《ぶ》ばかりはあるものの、

「お前さんに渡せばまた博奕に消えてゆくだけじゃあないか……」

先月、吉次が内緒で作った借金も、おまつが何とか伯父に用立ててもらって払い終えたところなのである。

おまつは虎の子の一分を渡したくはない。
やんわりと断るのも億劫《おつくう》になって、つい詰《なじ》るような口調となる。
するといと、吉次も意地になり、

「おれにも仲間内の付き合いってものがあるんだ。お前、おれが恥をかいてもいいってえのかい……」

という決り台詞《せりふ》を告げる。

「いい加減に目を覚ましておくれよ……」

それでもおまつは、何とか亭主を諫めようとするが、そのうち言い争いとなり、ついに吉次はおまつの横っ面を、件の如くはたいて、おまつは頬を押さえて床に倒れる。

そうなると元来気の小さい吉次は、

「すまねえ……。おまつ、お前が聞き分けのねえことを言うから……」

と、おまつを優しく抱き起こし、

「今、おれが髪をあたらせてもらっている料理屋の御旦那が、このところ随分とおれを贔屓《ひいき》にして下さっていてな、あれこれ上得意をつけてやろうとの仰せだ。そうなりゃあ、おれもどこかへ内床を構えて、お前に苦労はさせねえよ。だがその御旦那の髪を当たらせてもらうようになったのは、池之端《いけのはた》の兄ィの口利きあってのことなんだ。

兄ィの誘いを断わるわけにはいかねえんだ、なあ、おまつ、おれも早く、一人前になりてえんだ。それであれこれ焦っちまってよう。なあ、おれの顔を立ててくれよ……」

などと、わかったようなことを言い立てて泣き落とし、結局、金を奪い取って行くのである。

うまくあしらわれていることはわかっている。

だが、おまつには、吉次が初婚であるのに、自分は死別とはいえ、二度目であるという負い目がある。

それに、夫、実母に次々と死なれ、どうしようもなく塞《ふさ》ぎ込んでいた自分を、あれこれ励ましてくれた吉次の優しさを想うに、髪結いという仕事柄、色々な人とのしがらみもあるのであろう。

まだ三十にならぬ身では、なかなか自分の思い通りにはならないこともある。

一緒になる時は、最後まで添い遂げようと心に誓った相手である。歳を重ね分別もつくようになれば、吉次も変わろう。それまでは自分が支えてやらないでどうするのだ……。

優しくて、どこか頼りなげな吉次の顔を見ると、つい、夫の理不尽な乱暴にも耐えてしまうおまつであった。

だが同じ長屋に住む、おきん婆ァさんを筆頭に、隣近所の者達や、伯父の九兵衛などは、おまつがそんなことだから、吉次はますますつけあがるのだと、一様に顔をしかめている。

初めのうちこそ、夫婦の間に入ろうとしたが、今では馬鹿馬鹿しくなり、亭主を庇《かば》うおまつに苛々《いらいら》として声もかけなくなった。

さすがに今朝も、亭主に手をあげられて、おまつはいよいよ、この男といつまで暮らしたとて、花も咲かず、実も成らぬのではなかろうかと、暗澹《あんたん》たる思いに打ちひしがれて、そば屋の手伝いへと向かったのである。

一方、吉次はというと、所詮《しょせん》おまつは、自分と別れては暮らしていけぬのだと高を括《くく》り、髪結い道具を手に長屋を出た。

懐には今、強奪してきた一分がある。

僅《わず》かな持ち金でも、賽《さい》の目がうまく出れば、五両やそこいらの金にたちまち化ける。

殆ど博奕に勝ったことのない吉次であるが、一度だけ十両勝った思い出が、頭から取りついて離れない。

それ故、その時の快感が忘れられず、少々の借金を返すことなどわけもないと、博突に溺《おぼ》れていく者の常で、こういう能天気な幻想に、たちまち陥ってしまうのである。

吉次は、博奕にのめり込み女房には乱暴を働くとんでもない男であるが、おまつと別れたくはない。

ちょっとやくざな髪結いを気取り、ふらふらと生きていたい吉次にとって、しっかり者で、そば屋に働き口を持っているおまつは、女房にするには格好の女であった。

ただ、しっかり者が鼻につき、博奕にのめり込んでしまう後ろめたさから、つい手をあげてしまうのだ。

そして、手をあげてしまうと、今度は、それがまた後ろめたく、博奕でうさを晴らしてしまう——まさに悪循環である。

〝料理屋の御旦那〟は贔屓にしてくれたが、吉次が博奕にのめり込んでいることを知り、やたらと意見をした。それが煩しくなり、このところお呼びがかかってもあれこれ理由をつけて断わったりしたので、そのうち、声もかからなくなった。

おまつへの言い訳は、もはや嘘《うそ》に過ぎず、髪結いの腕は悪くないのに、すっかりと八方塞がりなのである。

髪結い道具を持って出たものの、どこといって行くところもない。適当にブラブラとして、そのうち博奕場へ繰り出そうかと思って広小路に出た時であった。

向こうから、ヨロヨロと歩いてきた老爺《ろうや》が、吉次の前で屈《かが》みこんだ。

小柄で赤ら顔、頭には頭巾《ずきん》を被《かぶ》った、どこぞの隠居か金貸し風——口許に手拭《てぬぐ》いを当てていて、その表情ははっきりとしない。

——何だよ、この爺《じじ》ィは。

放っておくわけにもいかず、

「おいおい、どうしなすった……」

と、その場に屈んで声をかけた。

「これは御親切に……。すみませぬが、腰の印籠《いんろう》から薬を出して頂けませぬかな」

老爺は呻《うめ》くように言った。独り歩きの途中、持病に襲われたのであろうが、老爺はなかなかに身形《みなり》も良く、分限者《ぶげんしゃ》に思われた。

助けておいて損はない。

そんな浅ましい思いも手伝って、吉次は、老爺を支え、近くの茶屋の前に置かれた長床几に座らせてやり、薬を飲ませてやった。

「本当に助かりました……」

相変わらず俯《うつむ》いたままで、手拭いを口許に当てている老爺は、このまましばらくじっとしていれば大丈夫だと吉次の親切に感じ入るように身を縮めて、

「この御親切に応《こた》えたいが、生憎《あいにく》今は大した持ち合わせもござりませんでな……」

「ようござんすよ。あっしはこの裏手の長屋に住んでいる吉次ってもんだ。御覧の通りの髪結いで、また呼んで下せえ」

別段得にもならなかったではないか——吉次がさっさと行こうとするのを老爺は呼び止めて、

「それでは私の気が済みませぬ。そうだ……。お前さんは手慰みの方はお好きかな……」

「手慰み……。ヘッ、ヘッ、まあ、ただひとつの道楽ってところで」

「博奕のひとつできぬ男など面白うはない……。大きい声では言えませんが、私の行きつけの面白い所がありましてな」

「面白い所……」

「博奕場ですよ」

「そいつはいいが、こちとら先立つものがねえんで……」

「そんなことは心配いりませんよ。私の顔でいくらでも木札《こま》は回しましょう」

老爺は気分も落ち着いてきた様子で、ニヤリと笑った。

「木札を回す……?」

するとそこへ、老爺の連れらしき男二人が慌てた様子でやって来て、

「御隠居様、こんな所においでてございましたか。もう良い加減に独り歩きはお控え下さりませぬと……」

瘦身《そうしん》の中年男の方が、泣きそうな顔で言った。横で若い男が大きく頷いた。こちらの方は中肉中背だが敏捷《びんしょう》な身の動きを思わせる。一見すると、どこかの商家の番頭と手代のようであるが、その物腰にはどこか〝粋筋《いきすじ》〟の風情が漂っている。

表向きは料理屋や舟宿を商っているが、裏ではちょっとやくざな稼業にも通じる連中なのかもしれない。

吉次は、商売柄そういう類《たぐい》の家に出入りをしているだけにわかるのだ。まして老爺は、行きつけの博奕場があるという。

元より男伊達、俠客《きょうかく》の世界に憧れを抱いているお調子者の吉次は、既にこの老爺に興味津津である。

「庄助《しょうすけ》や、私はこの御人に大層世話をかけてしまってねえ、御礼にいつもの所で、存分に遊ばせてさしあげておくれ」

「いつもの所で……」

庄助と呼ばれた番頭風の男は、少し顔をしかめた。さもあろう。困っている所を助

けてくれたのはよいが、その礼に賭場《どば》に連れてやれなどと、物好きにも程がある。

だが、いつもの所で遊ばせてさしあげておくれ……。これだけで話が通るところを見ると、普段からこの老人は〝おもしろい所〟で人を接待しているのであろう。

「よいからお連れしなさい。この髪結いさんは吉次さんと仰《おつしや》る。なかなかの男伊達の御人のようだ。私の遊び場には相応《ふさわ》しい。吉次さん、世話になった御礼です。負けは私につけておけばいいし、勝てば今日の御礼に持って帰っておくんなさいまし」

〝男伊達の人のようだ〟と持ち上げられれば、この誘いを断わることができない吉次であった。少しばかり格好をつけて、

「そんならこれも何かの御縁だ。お気持ちをありがたく受けさせて頂きやしょうか」

朝からたった一分の金で女房を張り倒し、その後、口で謝って、宥《なだ》めて……くさくさしていたこともあり、吉次は隠居の誘いを受けたのである。

隠居は吉次の予想通り金貸しを生業《なりわい》とする半兵衛《はんべえ》だと名乗った。持病の発作が出たばかりのこと。中年の番頭・庄助と、その場に残り、気分が良くなれば追っつけ行こうと、手代の安吉《やすきち》に吉次を案内させた。

その後、安吉は半兵衛のためにと用意していた駕籠《かご》に吉次を乗せ、上野山の北方に広がる景勝の地、根岸へと向かった。

途中、おまつが働く、そば屋の前を通ったが、吉次には女房の苦悩など目に入らぬ——。里へ入ると、木立の中の小路は迷路のように複雑で、地理に詳しい廻り髪結いの吉次でさえ、二度とここへは来られまいと思うほどであった。

やがて駕籠は一軒の古びた藁《わら》屋根の家に着いた。趣のある庵《いおり》風の造りで四囲は大樹に覆われている。

どこもかしこも板戸が閉められていて、空き家のように見える。

「御迷惑じゃあ、なかったでしょうかねえ」

安吉が申し訳なさそうに吉次に言った。

「いやいや、こんな所で御大尽方が、そっと手慰みをしていると、噂に聞いたことがござえやすが、小博奕しか打ったことのねえ、あっしには果報なことでござんすよ」

吉次は出せるだけの貫禄《かんろく》を見せつけて、安吉と共に中へと入った。

そこは八畳間が二間続き、戸が払われた様子の賭場になっていて、蠟燭《ろうそく》の明かりだけの薄暗い室内には、端に帳場、中央に盆茣蓙《ぼんござ》の白が眩《まぶ》しかった。

客は、いかにも富商の主らしき中年男が三人——ゆったりとした丁半の勝負が展開していた。

「うちの隠居の御客人でございます……」

表から潜り戸を入り、安吉が賭場の若い衆に告げると、吉次は手厚い歓待を受けて、盆茣蓙の方へと案内された。

「まず十両分、使ってやって下さいまし」

安吉が、吉次の前へ木札《こま》を並べた。

「十両……」

さすがに目を剝《む》く吉次に、

「何、少しずつ張って、勝てばその都度、戻してもらえばいいんですよ。これはうちの隠居の御礼なんですから」

安吉は事も無げに応えた。

勝負は安吉が言うようにするまでもなく、たちまち十両の木札は三十両となり、五十両となった。

それからは、吉次にとって夢のような一時が続いた。へこめば木札を回してもらい、勝てば戻す。初めの間の大勝ちで勢いがつき、やがて吉次は我を忘れた。

そして熱くなるうちに、木札のやり取りがいつしかわからなくなった。

やがて、次々と客が帰り、

「ちょいと一息入れやしょう」

壺振《つぼふ》りもその場を離れた。

見廻すと安吉がいない。

熱から冷めて、薄暗いこの賭場にポツリと一人――たちまち吉次は不安に襲われた。

そこへ、帳場に居た若い衆が帳面を持参し、

「念のためお知らせしておきやしょう。御隠居への付け回しの金は、三百両の負けですぜ」

「三、三百両の負け！」

吉次は顔面蒼白《そうはく》となった。いくら負けてもかぶってやると半兵衛老は言ったが、そこまで負けて、ただで済むとも思われぬ。

「ま、まさか、三百両も……」

「何か御不審でもおありで……」

薄暗い部屋の中で、若い衆の目が光った。

「い、いや……」

こいつはこの場をふけるに限る――今この広間には、若い衆一人しかいない。若い衆は、とにかくそのうち、御隠居がお越しになるから、奥の一間で一杯やって待ってくれるように吉次に告げ、吉次を招いて、奥の一間へと足を踏み入れた。

「そ、それがちょいと用があるんでね……」

吉次は、じりじりと出入りの潜り戸に続く土間へ広間から近寄り、踏石に揃《そろ》えられた己が草履を摑《つか》むと、脱兎《だっと》の如く潜り戸へと駆けた。

しかし、潜り戸の向こうから、その時ちょうど、隠居の半兵衛が、庄助、安吉を連れて入って来て、吉次は思わず後退《あとじさ》りした。

その首根っ子を、奥から現れた一人の筋骨隆々たる武士が右手でむんずと摑み、

「おのれ、三百両をすったあげく、一言の挨拶もなく帰ろうとは、どういう料簡《りょうけん》だ！」

きっと鍾馗《しょうき》が怒ればこのような声を発するのであろうという、大喝の後、吉次を無人となった盆茣蓙へ投げつけた。

吉次の体は宙をとび、たちまちのうちにそこへ叩きつけられた。

「ひ、ひえッ……。お許しを……」

手練《しゅれん》の早業に驚愕《きょうがく》した吉次は、成すすべもなく、その場に踞《うずくま》って手を合わせた。

武士はこの賭場の用心棒なのであろうか、薄暗い室内のこととてはっきりせぬが、地味な色の綿入れに、綿袴《めんばかま》を穿《は》いていて、頰隠しの頭巾が顔を覆い、この屈強の男をさらに不気味にしていた。

やがて、ゆっくりと中へ入った半兵衛老人が、吉次に向き直った。

先程、外で会った時は終始手拭いを口許にあてていて、はっきりと表情を窺《うかが》い見ることはできなかったが、今、薄暗い部屋の中で見る隠居の顔は、堅気《かたぎ》の年寄にはない凄《すご》みを発散させていた。

「ご、御隠居様、申し訳ございません！　まさか、三百両もの穴をあけていたとは思いもよらず、その、つい勝負に熱くなって……」

平謝りの吉次に、半兵衛はしばし冷笑を浴びせていたが、

「負けは私につけておいてくれと言ったんだ。いくら負けたとて構わないよ……」

「ほ、本当でござえやすか……」

「ああ、私もこの歳になるまで随分と稼いだ。その中には泡銭《あぶく》もたんと含まれている。これからは、この年寄を親切にしてくれた、お前さんのような男に、肩入れをして暮らしていこうと思ったんだ……」

「へい、ありがとうございやす！」

「だが、それはとんだ見当違いだったよ」

「へ……」

「お前さんの噂を聞いて、がっかりとさせられたよ……」

「どういうことです……」

「お前は、博奕にのめりこんで、借金を作ったあげく、何かってえと女房に手をあげているらしいな」

「い、いや、それは……」

「私はねえ、女を殴るような男は許しちゃあおけねえ性質《たち》でねえ……」

「それは、ほんの夫婦喧嘩でございまして……」

「やかましいやい！　博奕好きはお互いさまだ。だがな、女房を泣かしてまで打つもんじゃあねえや……。私の親父もお前と同じような、ろくでなしで、博奕の借金を作っては、それを嘆いたお袋を黙りやがれと殴りつけた。そうしてある日、おふくろは首を吊《つ》った……。お前は許せねえ野郎だ！」

「ま、待っておくんなさいまし！　あっしは今日から心を入れ替えますんで、どうか許してやっておくんなさいやし……」

半兵衛の言葉は凄みを増し、吉次はひくひくと泣き出した。

「信じられねえ……。三百両するまで博奕にのめりこんで、都合が悪くなりゃあこの私に一言の挨拶もなしに、ここから逃げ出そうとした。そんなお前が心を入れ替えるとも思えねえ」

「あ、あっしをどうしようというんですよう……」

「三百両のうち百両は今日のお前の親切にくれてやろう。だが後の二百両は、お前の体で払ってもらうぜ」

「か、か、体って……」

吉次はガタガタと震えだした。

「お前の両足の膝《ひざ》から下を二本もらうぜ」

「ご、ご冗談を……」

「足が失くとも両腕がありゃあ髪は結えるぜ。日がな一日女房の横で、髪を結って暮らしゃあいい」

半兵衛がそう言うや、件の武士が進み出て、

「心配するな、あっという間に事が終わる」

と、盆茣蓙の上に、太い角材を置くと腰の刀を抜き放ち、これを鮮やかに二つに斬った。

「た、助けてくれ！」

逃げる吉次の退路を、庄助、安吉が塞いだ。

件の武士は吉次を捕えて、その頬を二、三発張り倒した。

「殴られたら痛いか……。お前の女房は頬を腫らす痛みだけではない。心の痛みまで

覚えているはずだ！」

武士は、安吉と庄助に倒れた吉次を押さえつけさせ、抜き身を双手《もろて》に、大上段に振りかぶった。

「ギャーッ！」

吉次はそのまま気を失った。

「ちょいと灸《きゆう》を据え過ぎたかな……」

件の武士は刀を鞘《さや》に納めて溜息をついた。

「いや、これくれえ据えていいところですよ」

半兵衛老人がふっと笑った。

庄助と安吉が、板戸を開いた。

昼下がりの陽光が、たちまち室内に射《さ》しこめて、居並ぶ一同の姿をはっきりとさせた。

頬隠し頭巾を外した武士は峡竜蔵である。

半兵衛老人は、芝神明の見世物小屋〝濱清〟の小屋主にして、香具師《やし》の親方、清兵衛の変装――となれば、番頭・庄助が竹中庄太夫、手代・安吉は、〝濱清〟の若い衆、安に違いない。

すべては、吉次を人知れず懲らしめようという、庄太夫の発案であったのだが、清兵衛に相談するうち、ここまで大がかりなことになってしまった。

「まったく、おれ達程、おめでてえ連中はいねえな……」

ついに竜蔵が笑い出した。四人はそれぞれの変装を見合い、やがて、腹を抱えて笑い出した。

ただただ閑静なこの地には、四人の笑い声の他は、音無川《おとなしがわ》のせせらぎが聞こえるのみであった。

六

それから数日が経《た》って――。

峡竜蔵は、下谷車坂の赤石道場に出向き、己が稽古をつけてもらった帰りに、再び、上野山下にあるそば屋〝九兵衛〟を訪ねた。

「あら、竜さん、本当に来てくれたんですね」

店に入るや、竜蔵の姿を認めたおまつが明るい声をあげた。

この日も昼下がりのこととて、客の混雑も一息つき、板場から出て来た九兵衛もにこやかに頭を下げた。

「おれはここの天ぷらが気に入ったんだ。ましてや店に幼馴染が居るとなりゃあ来ねえわけにはいかねえだろう」

竜蔵の声も心なしか弾んでいた。

おまつの様子は先日とは別人のように華やいでいて、幼い頃のはっきりとした目鼻立ちは、成熟し始めた女の美しさを引き立てていた。

もちろん、何かというと白粉でごまかしていた頬の腫れもない。そもそもおまつの顔には濃い化粧など似合わないのだ。

「この前、来た時は、何やら浮かねえ顔をしていたように思えたが、今日は何やら見違えるようだな」

「そうですかねえ……」

「何かいいことでもあったかい」

「何もありませんよ。何も……。でも、何もないことが幸せなんだと、このところつくづくと、ね。ああ、嫌ですよう。何の話やら……」

「はッ、はッ、何を一人で恥ずかしがっているんだよ。それで、どうだい。髪結いの亭主とはうまくやっているのかい」

先日と同じ問いを、投げかけてみると、

「うちの宿六《やどろく》ですか……」

おまつは今日もまた、亭主のことを問われてふっと笑った。しかし、この笑いも動揺を含んだ重苦しいものではなく、からりと晴れ渡った思い出し笑いであった。

「それが、こんなこともあるんですねえ、博奕好きで、意気地もないくせに格好ばかりつけていたろくでなしが、ちょっと前から人が変わったようにまともになって、仕事に精を出すわ、女房の私に気遣うわ……何だか気味が悪いんですよう」

「そうかい。そりゃあよかったじゃねえか。きっと今まで、悪い夢を見ていたのだろうよ」

竜蔵はこみあげる笑いを堪えて、おまつが運んでくれた天ぷらそばに箸《はし》をつけた。

先日、竜蔵は庄太夫の献策を受け入れて、吉次にいかさま博奕を仕掛けて、恐ろしい目に遭わせ、二度と博奕ができなくなるようにしてやろうと企み、これを〝浜の清兵衛〟に相談した。

話を聞くや、元より竜蔵贔屓の清兵衛は、昔苛めた幼馴染に罪滅しをしたいという竜蔵のおめでたさに大いに共感し、

「どうせするなら、どでけえことを致しやしょう……」

と、かつての兄貴分が以前住んでいて、近々取り壊すことになっていた根岸の寮に、

乾分《こぶん》を動員して、賭場を作り、壺振りの名人である、音無の喜助《きすけ》にわけを話し、吉次を適当に勝たせた後にすっからかんにするよう画《え》を描《か》いたのであった。

そして自らも、謎《なぞ》の金貸しの隠居半兵衛を演じ、〝陰徳〟を積もうとする竜蔵の優しさに肩入れをしたのだが、その役者ぶりには竜蔵も舌を巻いたものだ。

香具師である清兵衛は、時折開帳することもある。しかし、貧しい者が深みにはまり、それに泣く家族が出ることのないよう、注意を払っている。

家に博奕の借金を持ち込み、女房を泣かすような奴を許せぬ想いは誰よりも強いのだ。

あの日、気を失った吉次は、気がつくと、不忍池《しのばずのいけ》の端の木にもたれて寝ていた。懐には、〝悪い夢を見たと思え　このさき心をいれかえかぎょうにはげむべし　これをたがえたとき　そのいのちもらいうける〟という内容の文が入れられてあり、〝閻魔《えんま》より〟と結ばれてあった。これはもちろん庄太夫の手によるもの。

――そうだ、悪い夢をおれは見ていたのだ。

博奕の持つ恐ろしさと、自分を知る者がこの世のどこかから、女房に非道なことをしていないかと見張っている恐怖を思い、吉次はこの日から変わった。男伊達や侠客に憧れても、いざという時、腹の据わらぬ己が度量の無さもつくづく嫌になったのだ。

そばを食い終えた竜蔵は、ほのぼのと心も体も温まった。

幸せそうなおまつの顔を見ていると、昔、苛めた子は、こんな風に幸せになっていないといけないんだと、改めて思った。

おまつの〝まげかけ〟は、赤いものから今は人妻らしい落ちついた浅葱《あさぎ》色に変わっていた。

「やっぱりここのそばはうめえや、また来るから、何か困ったことがあったら言ってくんな……」

今日の代はいらないという九兵衛を制して代を置く竜蔵を、おまつはじっと見て、

「竜さんはどうして、今頃になって、わたしのことを思い出して、親切にしてくださるんです」

と、首を傾げた。

「それはその……。おれは昔乱暴者で、皆に迷惑をかけていた。特にお前のことは、叩いたり小突いたりして何度も泣かせたじゃあねえか……。子供の頃のことだから許してもくれるだろうが、どうもそのことが今さらながら気になってな……」

訥々《とつとつ》と照れくさそうに語る竜蔵を見て、おまつは目を丸くした。

「竜さんがわたしを泣かせた？」

「ああ、苛めちまって悪かったな」

「まったく覚えていませんよ……」

「え？　そうなのかい？」

「ええ、わたしが覚えているのは、暴れん坊だったけど、皆に優しかった竜さんばかり……。野良犬を追っ払ってくれたり、隣町の子に苛められたのを仕返ししてくれたりしたことを、今でもはっきりと覚えているわ」

「あ……、そうかい……。それならよかった。うん、よかった……。おれもちっとは皆の役に立っていたんだな。はッ、はッ、こいつはいいや……」

狐《きつね》につままれたような心地で、竜蔵はそば屋を出た。

おまつは竜蔵に苛められた記憶は無いと言う。むしろ、助けられた記憶に充ちていると言う。

――そんなら誰か他の子を苛めていたのか。

首を傾げつつ、そんなあやふやな思い出のために、よくもまあ、こんな手のこんだ芝居を打ったもんだ。竜蔵は自分自身に呆れ返る思いであった。

――まったく、あの髪結いの吉次も馬鹿野郎だが、おれも負けず劣らず馬鹿だなあ。

それでも、おまつの思い出のお蔭で、懐しい人に再び出会えた。父・虎蔵が今でも人々の心の内に生き続けていて、深く愛されていることもわかったではないか……。

とにかくよかったことにしようと、竜蔵は、高ぶる気持ちを抑えきれず、そば屋の表でからからと笑った。

道行く人々は豪快に笑う竜蔵を、驚いたように見ながら通り過ぎて行った。

ふと見上げれば、通りの向こうに広がる東叡山《とうえいざん》の紅葉は、いよいよ見頃となってきた。

第四話　宿下がり

一

この年。
寛政十一年（一七九九）も、いよいよ師走《しわす》に入った。
十二月は、師走の他に、極月《ごくげつ》とも呼ばれる。
月を極めるのであるから、何とも忙しい。
峡竜蔵は落ち着かぬこれからの時期が嫌いであった。
人々は寒さに身を縮めつつ慌《あわただ》しく方々を行ったり来たりする。
煤払《すすはらい》、大掃除、正月の用意で息つく暇もない。
これではまったく、稽古《けいこ》をしたとて身が入らない。
剣術の稽古と同じく、日頃の掃除をきっちりとしておけば、わざわざ特別に十二月
だからと、改まって大掃除などしなくてよいではないか——。

そう思うのである。

ということで、去年にこの三田二丁目の道場に移り、剣客として独立してこの方、独りの気楽さも手伝い、初鰹《はつがつお》を食べること以外は、世間の慣習には目もくれず、思うがままに日々を過ごしてきた竜蔵であった。

しかし、今年の初めより当道場に入門して、すっかりと竜蔵の家老のような役所《やくどころ》に収まった竹中庄太夫は、

「年中の行事というものは、そこに集《つど》う者同士の結束を固め、季節の移ろいを確かめることで、過ぎ去りし日々を想《おも》い、また新たなる日々に向かう糧となす……。なくてはならないものでござりますぞ」

と、大したことも言っていないのに妙に説得力のある言葉で竜蔵を戒め、峡道場の年末年始に向かっての行事をあれこれ調え始めていた。

道場と言っても、まだ門人は、この庄太夫と、若き剣士、神森新吾しか居ないのであるが、庄太夫によって、掛札やら、道場日誌、峡道場訓などが作られると、

「おい庄さん、まるで剣術道場みてえだな……」

などと、調子外れなことを言いつつも、竜蔵に、剣術師範としての自覚が生まれ始めたから不思議だ。

面倒な年中行事ではあるが、竜蔵は、

「よきにはからえ……」

と、庄太夫に一任したのだ。

一番弟子が、腕の立たない〝蚊蜻蛉《かとんぼ》〟のような中年男であることに戸惑っていた竜蔵であったが、今では庄太夫との出会いが、今年一年間の最大の収穫だと思っている。

庄太夫には剣の教え甲斐《がい》はないが、その替わり気骨の塊のような若い新吾が夏から入門してきた。大目付・佐原信濃守の屋敷への出稽古も続いている。

教授する楽しみにも事欠かないでいる。

――まず、いい歳《とし》であった。

あれこれと、儲《もう》け話を持ちこんでくれた、昔馴染《なじみ》の常磐津《ときわず》の師匠・お才にも感謝しなければなるまい。

お才の助けなしには、道場を続けるどころか、竜蔵自身が干上がっていたであろう。

――庄さんが企んでいる行事の中に、お才を持て成す宴《うたげ》を、加えておかねばなるまいな。

この日も、神森新吾に道場での稽古をつけ終えた。

まず、顔の汗を拭《ぬぐ》うと、道場内の寒さに、竜蔵と新吾の稽古着からは、もくもくと湯気がたった。

この爽快《そうかい》な心地の中、竜蔵の頭の中には、これら今年一年の感慨が、次々に浮かんでいたのである。

「終わられましたか……」

今日は一日、道場の行事の案を練っていた庄太夫が、母屋と道場を繋《つな》ぐ、控え場から出て来た。

「今日は、これから〝ごんた〟で一杯やるか……」

たった三人だが、峡道場のいつもの穏やかな夕暮れ時がやって来た。

「よろしゅうございますな。稽古の後の一杯はこたえられません」

高らかに笑った庄太夫を、

「稽古の後って、庄さん、ひとつも汗をかいておらぬではないか」

竜蔵がからかって、そんなら今日はお才も誘ってやるかと言ったところへ——、

「竜さん……、竜さんは居るかい……」

折しも、お才が道場に駆け込んできて、出入りの階《きざはし》に座り込んでしまった。

芯《しん》は強いが、それを表には見せず、いつもはんなりとした風情を醸しているお才が、髪を振り乱し、草履も片方脱げ落ちたままでのこの有様である。

只事《ただごと》ではない。

おオはこの道場の女神のような存在である。

師弟三人が、慌ててお才に駆け寄った。

「お才！　どうしたんだ。誰かに何かされたのかい。おれがぶった斬《ぎ》ってやらあ！」

妹分の一大事に、道場師範はいきなりやくざ者の親分のような口調と変じた。
十五、六の頃、ぐれて盛り場を徘徊《はいかい》していた頃——危ない目に遭うと、どこからともなく竜蔵がとんで来て、同じ言葉を叫んでくれたものだ。
竜蔵の言葉に少し気持ちも落ち着いたお才は、

「驚かしてごめんよ。あたしのことじゃあないんだよ」

いつものゆったりとした口調に戻った。

竜蔵、庄太夫、新吾は顔を見合った。

外から吹き込んだ寒風が、竜蔵と新吾の稽古着の汗を、たちまち凍《い》てつかせた。

二

「まあ、とにかく、こんな寒い夜は、鍋《なべ》にかぎるぜ」

竜蔵が、土鍋に豆腐と葱《ねぎ》を入れる。

「先生、そんなことは、わたしが致します」

新吾がそれを替わろうとして、ぴしゃりと手をはたかれる。

「いいんだよ、お前がやるとまどろっこしくていけねえや。庄さん、いきなり餅《もち》を入れるのはどうかと思うぜ……。おい、新吾！　だからもう豆腐はいいんだよ！」

好物の鮟鱇《あんこう》鍋で一杯——となると、峡竜蔵は俄然、張り切りだす。

俄《にわか》に道場に駆け込んで来たお才を気遣って、竜蔵はいつにも増して賑《にぎ》やかだ。

あれから——。

竜蔵、庄太夫、新吾は、お才を伴い、居酒屋〝ごんた〟にやって来た。

思いもかけず鮟鱇鍋にありつけた四人であったが、場を盛り上げようとする竜蔵の想いをありがたく受け止めつつ、お才の表情は沈んでいた。

いてもたってもいられずに、お才が竜蔵に会いに道場へ走ったのは、一人の娘の死を報《しら》されて、どうしようもない悲しみに打ちひしがれたからであった。

その娘は、お文《ふみ》という——。かつてお才が住んでいた下谷上野町一丁目にある、筆《ふで》墨硯《すみすずり》問屋〝河田屋《かわだや》〟の娘で、出入りをしている、旗本・千五百石、宅間《たくま》大炊介《おおいのすけ》の屋敷で奥奉公をしていたのだが、それが何たることか、俄に屋敷の庭の木に首を吊《つ》って死んだというのだ。

おオはお文が幼い時からよく知っていて、お文はおオを姉のように慕っていた。

女手一つでおオを育ててくれた母のお園と死別して後、おオは住居を三田に移すことになるのだが、それからもお文との交誼《こうぎ》は続いていた。

今年いっぱいで、宅間家での奥奉公を終えて、〝河田屋〟に戻ってくることになっていたので、その時には三味線を教えてあげようと、宿下がりの折に会って、大いに盛りあがった二人であったのに……。

河田屋から報せを受けたおオは、上野町へ急行した。

そこで無惨な姿となったお文との虚《むな》しい再会に、気丈なおオもさすがに取り乱し、狂ったように泣き叫び、竜蔵の道場へ走ったのである。

「お文……。あの娘が……」

竜蔵はお文を知っている。

実の父親の名を最後まで明かしてくれなかった母・お園に反発して、十五、六の頃、おオは、上野広小路から山下にかけて夜な夜な徘徊する不良娘として知られていた。

同じ頃、竜蔵もまた、父・虎蔵が河豚《ふぐ》の毒にあたって大坂で客死したことを報され、やりきれなさに寄宿していた藤川道場を抜け出しては、同じ辺りで、喧嘩《けんか》にうさを晴らしていた。

爛《ただ》れた女達で溢《あふ》れる盛り場で、唯一純真な花を咲かせていたお才を見かけた竜蔵は、兄貴分を気取り、これを守ってやろうとした。

思えば、ちょっと恥ずかしい頃の思い出を共有することで、未《いま》だに兄妹分《きょうだいぶん》でいられる竜蔵とお才であるが、その思い出の中に登場するのが、まだ童女の頃のお文であるのだ。

父親が知れぬ、常磐津の師匠の娘であるお才を、世間は侮蔑《ぶべつ》を含んだ白い眼《め》で見た。

しかし、河田屋の主《あるじ》で、お文の父親の三郎兵衛《さぶろうべえ》は、そんなことにはまったくお構い無しで、自らもお才の母・お園に常磐津節を習い、稽古場にお文を何度も連れてきた。

お文は、七つ八つ歳上の、垢抜《あかぬ》けた風情の漂うお才を慕い、利発で明るいお文を、親類縁者のいないお才は妹のように可愛《かわい》がり面倒を見たものだ。

ぐれて盛り場を徘徊しはじめた十五、六の頃。お園はさすがに河田屋に気遣い、お文がお才に近づかないように腐心した。

それでもお文は、外出の折、町でお才を見かけると、供の女中の制止も振り切り、

「おねえさん、帰ろ……」

と、お才に駆け寄って来た。

生意気な口を叩《たた》いていても、元来純情なお才は、あどけない目で見つめるお文を振

り払うことはできず、黙ってお文に手を引かれ、不良仲間と別れ、お園の許《もと》に帰ったこともしばしばであった。

不良時代のお才の兄貴分を気取っていた竜蔵は、その場を何度か見ていた。

愛くるしい童女に手を引かれてとぼとぼと去っていくお才の様子を見ていると、うまい具合に道場を脱け出して油を売っている自分自身が虚しくなり、竜蔵もまた道場へ戻ったものだ。

亡師・藤川弥司郎右衛門の高弟にして、偉大なる兄弟子であった森原太兵衛の娘・綾もまた、お文と同じ年頃で、遊び呆《ほう》ける竜蔵を捕え厳しく折檻《せっかん》する太兵衛に、

「父上、竜蔵さんを許してあげて下さい！」

と哀願してくれた。

竜蔵はお文の姿に、綾を思い出したのだ——。

やがてお才は、母・お園の死に直面し、竜蔵も父・虎蔵の死の悲痛から立ち直り、分別がつき始めた二人は疎遠となり、偶然にも互いに三田で稽古場を構えたことによる邂逅《かいこう》を迎えるまでに六、七年の歳月を要することになる。それ故竜蔵は河田屋お文の童女から少女への変遷は知らなかったが、

「まさか、奥勤めに上がった先で首を吊るなどとは……」

おオの衝撃は計り知れない。

納得できないことも多々あるのであろう。

殺伐《さつばつ》とした道場で話を聞くのも憚《はばか》られて、竜蔵は事のあらましを聞くと、

「おオ、お前の無念はよくわかる。何も喉《のど》に通らねえかもしれねえが、一杯やって体も温まれば、落ち着いて話もできるってもんだ……」

そう言って〝ごんた〟におオを連れて来たのだ。

——こんな時に、賑やかに鮟鱇でもないだろうに。

味わっていられるか——飲んでいられるか——と思いつつ、珍しく動揺し、取り乱すおオの様子に、どうしてやればいいかわからなくなって、自分自身、一杯ひっかけないと平静でいられない竜蔵の姿が、おオの心を随分と慰めてくれた。

そういう、竜蔵とおオの心の内が読めるだけに、庄太夫は、おオににこりと頷《うなず》いて、〝ごんた〟に行くことを促したのであった。

とはいえ、燗酒《かんざけ》をぐっと呷《あお》ると、少しはおオの心も落ちついた。

「人様の娘を預かっておいて、よくも骸《むくろ》にして返したもんだ……」

絶望が、おオの体の中で怒りに変わってきた。

「宅間の家からは何と言ってきやがったんだ」

おオが怒り出せば竜蔵も怒る。

「此度《こたび》のことは残念であったと、お文ちゃんの亡骸《なきがら》を運んで来た海老原《えびはら》という用人が
……」

「ただそれだけか……」

「あたしはその時のことを知らないからよくわからないけど、店の人の様子では、さも首を吊られて迷惑であったと、言わんばかりの様子だったと……」

「何だと、うら若い娘が首を吊るんだ。屋敷内で余程のことがあったに違いないぜ」

おオ以上に怒り出す竜蔵を、まあまあ先生、落ち着きましょうと、庄太夫が宥《なだ》めて、

「河田屋の主殿は、娘御の死について、料簡《りょうけん》したのかな」

彼らしい、落ち着いた調子でおオに尋ねた。

「河田屋の旦那《だんな》さんは、その海老原と人払いをした上で何やら話した後、がっくりとして、何も言わなくなったそうで……」

おオが駆けつけた時は、ただやり場のない怒りと悲しみに拳《こぶし》を握りしめて堪《こら》えていたという。

「その、用人との話は？」

「あたしには何も話してはくれませんでした。ただ、お文を奥奉公などに上げるんじ

ゃなかったと嘆くばかりで……」

「それはそうでしょうね。この先、主殿はずっと、そのことを思い悩んで暮らしていかなければならない。本当に哀れだ……」

新吾は、自分と同年代の娘の死を想い、黙禱《もくとう》を捧げた。

――新吾はいい奴だ。

その様子に満足した竜蔵は、まず、師である自分が落ち着かねばならないと思い直し、何か言いたそうなお才の様子を見てとって、

「お才、何か心当たりがあるんだろ。それを話しに来たんじゃねえのかい」

「竜さん……」

「おれは庄さんみてえに、うまく人の心の様子を読み取れねえが、お前がどんなことを考えているかは大凡《おおよそ》わからあ。お前は、余計なことを言って、おれが旗本相手に暴れるんじゃねえかと気遣っているんだろ。いや、はッ、はッ、まさかそこまでは……」

「わかるかい……」

「やっぱり思ってたんだな……」

「師匠、先生も今は、大目付の職にあられる佐原信濃守様の御屋敷へ出稽古に赴かれ

る身にお成りじゃ、そのような心配は無用ですぞ」

横合から、庄太夫が口を添えた。

竜蔵を持ち上げつつ無茶を窘《たしな》める、庄太夫の絶妙の間《あい》の手である。

竜蔵は照れて頭を掻《か》きながら、

「今のお前と同じ想いで、河田屋の主殿も詳しいことをお前には伝えなかったんだろうよ。だが、おれとお前の間に、そんな遠慮はいらねえよ……」

竜蔵はにっこりと笑った。

瞳《ひとみ》の奥の輝きは、不良少年の頃と何も変わっていない。お才の前では伝法な口調で喋《しゃべ》るのも昔と同じだ。

それが今では、偉い御方の御屋敷に稽古をつけに行っているらしい。

それがおかしくなって、お才もまたふっと笑った。

「お文ちゃんには好きな人が居たんだよ……」

その相手の名は、宅間家の奥用人を務める、夏目《なつめ》仙四郎《せんしろう》という侍であると、少し前に宿下がりをした折、お文は恥ずかしそうにお才に告白した。

夏目仙四郎は、重代奥用人を務める家士で、父親の急逝によって、半年程前から奥用人の職に就いていた。歳は二十五。謹厳実直な若侍で、役に就いたばかりで張り切る様子に、お文はたちまち心惹《ひ》かれた。

宅間家は徳川家家臣としての由緒も古く、千五百石の知行《ちぎょう》を与えられる家格であるから、拝領屋敷も千坪の広さを誇り、当然の如《ごと》く、表向きと奥向きの区別ははっきりとなされている。

宅間家の子女、女中に至るまでが暮らす、奥向きは正しく〝女の園〟である。

この、奥向きの用をこなすのが、奥用人の職務であるから、お文が凛《りん》とした若侍の夏目仙四郎に心ときめいたのも無理はない。

お文とて、河田屋の箱入り娘として成長し、ふっくらとした顔立ちに、形の良い眼鼻だちが人目を引く美人である。

想えば、想われる——。

若き男女は、恋を育むには真《まこと》に不自由な境遇に居るだけに一層心を焦がし、たちまち互いに深く想い合う間柄となったのだ。

「そうかい。その侍に、袖《そで》にされたんだな。侍と町人たって、いくらでも引っつく手立てはあるだろうによ」

「そうじゃないんだよ。その、夏目仙四郎というお侍は死んじまったんだよ……」

「死んだ……？」

一月《ひとつき》程前のことであった。

夏目仙四郎は、宅間家の知行所である伊豆《いず》へ出張する途中、山峡《さんきょう》の道で落石に遭い、足を滑らせて転落死を遂げたという。

夏目仙四郎の死を聞かされて、悲嘆にくれるお文からの手紙がお才の許《もと》に届いたのだ。

「そうでしたか、お気の毒に……。そのことを気に病んで、お文殿は自害を……」

話を聞いて純真な新吾が、溜息《ためいき》をついた。

「考えられる話ではあるな……」

竜蔵も相槌《あいづち》を打った。

「宅間家の用人は、河田屋の旦那さんに、それが原因だと言って、話を収めたようだけど……」

「お前はそうは思わないのかい」

「あの子は、それで首を吊るようなことはしないよ。そんな弱い子じゃあない……」

「その文を受け取ってから、河田屋の娘からは……?」

「まったく便りが無かったよ」

「案じていたら、首を吊ったってことか」

「だから、信じられないんだよ……」

前にもらった文には仙四郎様の後生《ごしよう》を願い、生きて参りますと書いてあった……。

「解《げ》せませんな……」

庄太夫が声を潜めて周囲を見回した。

立ち入った話になるかもしれぬと、今日は店の奥の小部屋に席を取ってある。周りにも人気《ひとけ》は無いようだ。

「竹中さん、何が解せないのです」

新吾が問うた。

「夏目仙四郎は奥用人ではなかったか。それが、伊豆の知行所に何の用があったというのだ」

「さあ、そう言われてみれば、確かに解せませんねえ……」

新吾も、大人ぶって大仰に首を傾《かし》げて、

「当節、旗本が知行所に用があるとなると、年貢の借上げでしょうか……」

「宅間家は千五百石の御家だ。奥向きの用を務める者が、わざわざ行くことはなかろう」

「代官であるとか、他に御役を務める家来はいるはずですね」

「庄さんの言う通りだ。それが途中、落石に遭って、谷底に落ちて死んじまったというのは何とも解せねえ……」

「はい。そして、恋仲であったお文殿が首を吊った……」

「何度も言うけど、お文ちゃんは、どんなに辛《つら》いことがあっても、あの世に逃げようなんてことを考える娘《こ》じゃないんだよ」

「おオ、こいつは匂《にお》うな」

「竜さん、お前さんもやっぱりそう思うかい……?」

「ああ、夏目仙四郎は殺されたのかもしれねえ。それに、河田屋の娘が巻き込まれたとしたら……」

四人は、思い入れたっぷりに頷き合った。

「よし、こうなったらおオ、お文ちゃんがどうして首を吊っていたか、白黒はっきりさせてやろうじゃねえか」

竜蔵の鼻息が俄然、荒くなってきた。

「とはいうものの先生、白黒はっきりさせるといってもこれは、厄介なことですぞ」

庄太夫が、気持ちを落ち着けるよう、竜蔵を宥めた。

「そうですね……。相手は由緒正しい、直参《じきさん》旗本千五百石。宅間家の内で起こったことには、町の役人も手は出せませんからね」

新吾が続けた。

無役の貧乏御家人の倅《せがれ》とはいえ、その辺のことは嫌というほどわかっている。お文の死に疑問を持つお才も、そう言われてみると、確たる証拠があるわけでない。

心配そうに竜蔵を見た。

「相手が何者でもいいや。花も実もある娘がおかしな死に方をしたんだ。はっきりとしてやらねえと後生が悪いぜ。お才、心配するな。おれも昔のような無茶はしねえよ。お前も今は辛《つれ》えだろうが、ここは一番、おれに任せておいてくんな」

お祭男の竜蔵は、胸を叩くうちに自分の言葉に酔ってきた。

こうなると、庄太夫と新吾も、その場の勢いにのって、

「先生、この竹中庄太夫も及ばずながら合力致します」

「わたしにも、何なりとお申し付け下さりませ」

口々に竜蔵に下知《げじ》を乞《こ》う。

「まあ待て、時がくればまた、二人の力を借りる時も来よう。それまで庄さんはまず、道場のことを、新吾はいつも通り稽古に励むようにな……」

竜蔵は腕組をした。

気の利いた啖呵《たんか》を切ったのも、格好をつけただけではなかった。

ぐつぐつと煮えたぎる鍋から立ち上がる湯気の向こうに、強力な助っ人の顔が浮かんでいた。

三

「ふっ……、あたしとしたことが、あんなに取り乱すなんてさ……」

三味線を箱にしまうと、思わず溜息が出た。

三田同朋町にあるお才の稽古場の小窓から、射《さ》し込む陽光がいきなり頼りなくなった。

冬場は日が暮れるのが早い。

弟子達に常磐津の稽古をつけ終えて一人になると、この小さな借家が一層、寒々として、時折無性に寂しくなる。

常磐津を習う者は、男の師匠に習うのは〝稽古〟であるが、お才のような女の師匠に習うのは〝道楽〟と位置付けているらしい。

所詮《しょせん》、男の弟子達は〝隙《すき》あらば〟と、お才を狙《ねら》う狼《おおかみ》のような連中ばかりで、これをうまい具合に手玉に取る手練《しゅれん》の方が、常磐津の技量より多く求められる。

深い仲になった相手もまるでなかったわけではないが、そんな思い出は記憶の彼方《かなた》へ追いやって、きれいに忘れてしまわねば、こんな仕事は勤まらぬ。

いい加減、女の色香などすっかりなくなってしまえばよいのにと、お才は思う。

歳は二十五。やっと、常磐津の師匠らしい風情になってきたが、下ぶくれの顔に、少しばかり腫《は》れぼったい目元が、常磐津の師匠というどこか神秘的な職種と相俟《あいま》って、男心をくすぐるらしく、このところ入門者殺到で、断るのにも一苦労なのだ。

それでも、十六の時に母・お園を亡くして後、お才が今まで生きてこられたのは、お才が生まれながらに持ち合わせた、この色香によるものであることは明らかである。

ぐれて、夜な夜な三味線片手に盛り場を徘徊していた頃を知る物好きな客が、酒席で芸を買ってくれるようになった。

それで何とか食いつなぎ、お才は三味線の腕を磨いたのだが、母親に死なれて身寄もなく、女一人生きていくのは本当に面倒なことの連続であった。

〝女〟に頼れば〝芸〟は伸びぬ。かといって、〝女〟を売らねば〝芸〟が育たぬ局面もある。

女房に望んだ男は何人も居たが、男に食わせてもらえば、己が芸が日々の暮らしの中で、必ずや〝二の次〟になっていくことに違いない――。

芸を捨てられぬお才は、ずっと独り身で男共とのせめぎ合いを続けて来たのであった。

そんな気丈なお才が、まさかという、お文の無惨な死に際し、すっかり取り乱してしまった。

男共とせめぎ合いつつも、お才が芸を看板にやってこられたのも、

「おねえさん、帰ろ……」

と、自分の手を引いてくれたお文と、お文が愛するお姉さんを、何とかして、母親のお園の如き常磐津の師匠にしてあげたいという、河田屋三郎兵衛の後押しがあった故のこと――。

あれこれ嫌な思い出も残る下谷界隈《かいわい》を出て、三田に稽古場を構えるよう勧めてくれたのも三郎兵衛であった。

そして、時折、お文と過ごした一時が、どれほどお才の心を癒《いや》してくれたことか。

行儀見習いに、宅間家に奥奉公にあがると聞いた時は心配したが、何事にも見聞を広めたいお文のこと。宿下がりの折にしてくれる話もおもしろく、夏目仙四郎との恋を聞かされた時は我がことのようにうきうきとした。

旗本の家来であるから、侍といっても小禄《しょうろく》ではあるが、そこいらの貧乏御家人より

も実入りもよく、お文が河田屋に戻った後、しかるべき人の養女として、夏目仙四郎は、お文を妻に迎えたいと思っていたという。

河田屋は宅間家出入りの商人であったし、三郎兵衛は、お文から内々にその由を告げられていて、可愛い娘のためにあれこれと考えを巡らせていたようであった。

それなのに、夏目仙四郎が事故死して、程無く、お文までが変わり果てた姿になるとは……。お才が取り乱すのも無理はなかった。

お園と死別して以来、これほどまでに身悶《みもだ》えしたことはない。そしてお才は、ずっと独りで強がって生きてきたから、こんな時、このやりきれなさ、哀《かな》しさをどこで誰にぶつければいいのか、すっかりわからなくなっている自分に気づいた。

しかし、頭の中は混乱の極みに達していても、駆け出した足は、峡竜蔵の居る道場に自然と向かっていた。

それからのことを思い出すと、お才は泣けてきて仕方がなかった。

峡竜蔵、竹中庄太夫、神森新吾の三人は、お才のことを、道場に降臨した女神のように丁重に扱ってくれた。共に怒り、涙さえ浮かべてくれた。

この三人は、お才がせめぎ合ってきた男共とは違う。

何と気持ちが良くて、愛敬《あいきよう》があって、優しい男達であろうか。

──あたしには、いざって時に駆け込める所があるんだ。

大切な人を亡くした時に、峡竜蔵のあの少年のような笑顔がどれだけ心強かったことか。

あれから二日がたっていた。あの日、〝ごんた〟で流さなかった涙が、今、お才の瞳を潤し、やがて堰《せき》を切ったように流れ出した。

──でも、大丈夫かねえ。竜さん、無茶をやらかさないかねえ。

涙を拭《ふ》きつつ、今は大目付・佐原信濃守の屋敷に出稽古に赴く身である。そういう心配は無用だとか言いながら、しまいには、おれに任せろと、宅間家に殴り込まんばかりの勢いとなった竜蔵の姿を思い出し、お才はどうも不安になるのだ。

その時──。

表の戸がガラリと開いて、一人の武士が訪ねて来た。

「ああ、これはお久し振りで……」

慌てて涙をきれいに拭い、戸口へ行くと、そこには、眞壁清十郎が立っていた。

「無沙汰《ぶさた》続きで済まぬ……」

清十郎は律義に、少し頭を下げてみせた。

「今日は、お稽古に来たわけではありませんよねえ……」

いつもは微行姿の着流しが、今日はしっかりと袴《はかま》を穿《は》いて、縫紋《ぬいもん》のついた羽織を着ている。

元々は、〝眞木〟という名で常磐津の稽古に来ていた清十郎であったが、お才とはつうかあの峡竜蔵が、清十郎が仕える佐原信濃守の屋敷へ剣術指南に来るに及び、その身が眞壁清十郎なる、佐原家側用人《そばようにん》であることがお才に知られてしまった。

それ以来、重陽《ちょうよう》の折に挨拶《あいさつ》に来た他は、照れくささもあり、清十郎は稽古から遠ざかっていた。

「今日はこの先生に、同道を願われてな……」

「え……!?」

清十郎の背後から、ニュッといかつい顔が現れた。

「竜さん……」

先生というのは峡竜蔵のことである。

そして、あの日〝ごんた〟で、竜蔵が頭に描いた強力な助っ人こそ、眞壁清十郎であったのだ。

「どうでえお才、眞壁清十郎殿が助っ人してくれることになったぜ」

「本当ですか……」

清十郎は力強く頷いた。

「清さんが助っ人してくれたら百人力だ。それよりお才、お前、泣いていたのか」

「泣いてなんかいないよ」

「いや、その目は泣き腫らした目だぜ」

「だから泣いていないよ」

「いや、お前は泣いたね。お前にも女らしいところがあるんだ。こいつはいいや」

「あたしは元々女らしいよ。だけど、泣いていない……」

「そうか、あれからまた、死んだお文殿のことを思い出して、泣いていたのか」

「泣いてないったら泣いてないよ！」

「すまぬが、その話は後にしてくれぬか……」

清十郎がぽつりと言った。

「ああ、これはすまなかった。お才、今日はもう店閉めえだろ」

「ここは店じゃないよ」

「まあ、汚ねえ所だけど上がってくれ」

「汚なかないだろう……」

せっかく、この男の優しさを想い感傷に浸っていたというのに、何と無粋なことか

——。

しかし、竜蔵のその無遠慮が、たちまちお才をいつものはんなりとしてその実、気丈な女に戻してくれた。

それから、眞壁清十郎は、お才の家で、竜蔵と共に一刻（約二時間）ばかり話し込んだ。

竜蔵との間だけの秘密であるが、清十郎が身にそぐわぬ常磐津の弟子としてお才に入門したのは、故あって蔭《かげ》ながらお才の安寧を見守るためであった。

お才の一大事と聞けば放《ほう》ってはおけない。

お才の口から事の次第を聞くと、清十郎はいかにも彼らしい物静かな表情でそれを咀嚼《そしやく》して、

「師匠の嘆きはいかばかりのことや知れぬ。お悔やみを申し上げる」

まず威儀を正して見せた。

なる程、こういう時はこう言えばよいのかと感心しつつ、竜蔵もまた思わず威儀を正した。

「話を聞くに、師匠がお文という娘御、それに、夏目仙四郎なる奥用人の死に、疑念を抱くのも無理はござらぬ」

清十郎の目から見ても、奥用人・夏目仙四郎の突然の知行所への出張は奇異に映った。

他に家士がおらぬではなし、亡父の跡を継ぎ、まだ奥用人を務めたばかりの仙四郎を、伊豆まで行かせた真意が見えてこない。

そして、お文が何故《なぜ》首を吊ったのか。いくら気持ちが乱れていても、利発な娘が奉公先の庭で首を吊るだろうか。発作的に事に及んだとしても、武家の作法を学んだのなら、懐剣で喉を突くことを選ばぬか――。

さすがに、大目付の側用人として、諜報《ちようほう》に携わる清十郎である。話に無駄がなく端的だ。

「師匠は、お文殿の亡骸を改めたのかな」

「はい。見せてもらいました……」

清十郎の問いに、あの時のことを思い出し、お才は顔をしかめた。

「首の回りの黒い絞め跡は、ぐるりと後ろまでついておったか」

「はい、そのようであったと……。お文ちゃんが首を吊ったなど嘘《うそ》だと、亡骸を何度も確かめましたから……」

「首を引っ掻いたような傷は？」

「それはいくつも……」

お才ははっとした。

お文の首には、爪《つめ》がめりこんだような傷跡があった。首を吊った時に、思わず縄に手をやってついたものかと皆は思いこんでいたようであったが——。

傷はあらがって、首に回された縄を摑《つか》もうとしてついた爪跡ではないか。

「ならば、首を絞めて殺された後、吊るされたのかもしれぬな」

自ら首を吊れば、首のぐるりに黒い跡が残ることもない。

「そうか、清さんの言う通りだ。あの娘は殺されてから吊るされたに違《ちげ》えねえ。吊るせば、色んな奴らに見せることができるからな」

奥向きの奉公人達は、確かにお文が首を吊ったと思うだろう。

「そういうことに早く気がついていれば、医者を呼んで、亡骸を調べてもらえばよかったな」

三郎兵衛は、悲しみのあまり、お文の亡骸をすぐ茶毘《だび》に付した。

「調べたところで詮《せん》ないことだ。宅間家が首を吊ったといえば、これをあえて殺されたと言い立てることは誰もしまい」

「まあ、それもそうだな……。だが清さん、宅間の屋敷の中で何かが起こっているかもしれねえ。御上の方で調べることはできねえのかい」

「旗本の監視は目付の仕事だ。某《それがし》の任ではない」

「そこを何とか色をつけちゃあもらえねえのかい」

「露店で物を売っているように言われても困る……」

この二人――佐原邸においては、剣術稽古の指南役である峡竜蔵と、側用人・眞壁清十郎として、それなりに一線を画しているが、二人だけになると、だんだん遠慮がなくなってくる。

「だが、竜殿と師匠のためならば、あれこれ噂《うわさ》を集めることくらいは、易《やす》いこと故、まず動いてみよう……」

清十郎は、折目正しく胸を叩いた。

「うむ、忝《かたじけな》い……」

竜蔵もまた、改まって頭を下げ、お才もこれに倣《なら》った。

「某も主のある身、満足なことができるかどうか……。御容赦願いたい」

付け加える言葉のひとつひとつが律義である。

竜蔵にはこういう友達が大事なのであろうと、お才は思った。

その時である。

表の戸がガラリと開いて、

「お才さんの家はこちらで……」

若い男の声がした。

「誰だろう……」

聞き慣れぬ声に眉《まゆ》をひそめるお才を見て、秘事を話していた時だけに、竜蔵と清十郎は、不審げに立ち上がり、戸口に続く障子戸を開けるお才の背後から、この来訪者をじろりと見た。

「あ、あ、あの……」

眼光鋭き二人の武士に見据えられて、若い男はしどろもどろになった。

一見すると、どこかの呉服屋の手代のように思える。

細面《ほそおもて》の顔はまだどこかあどけなく、頼りな気であった。

「お才は、わたしでございますが」

怪しい者ではなさそうだ。

お才はにこやかに応対に出て、竜蔵と清十郎は、稽古場に再び座った。

男は、常磐津の弟子が鉢合わせして、この、ちょっといい女であるお才を巡って争っているのに違いないと解釈して、

「これはお取り込み中でしたか」

と愛想笑いを浮かべた。なかなか気のいい若者のようだ。

「いえ、どうぞお気になさらずに……」

お才は穏やかに来訪の由を問うた。

「実は、御師匠に、これを渡してもらいたいと頼まれましてね……」

そう言って、男は小さく折り畳まれた紙切れをお才に渡した。

「あたしにこれを……」

「これは内緒にして下さいまし……」

声を潜める男の意を察して、お才はそのまま表に出て、竜蔵、清十郎には聞かれぬ体裁を調えてやった。

「わたしは、御旗本の宅間様の御屋敷にお出入りさせて頂いている呉服屋に奉公をしている者でございます」

「宅間様の御屋敷に……」

お才はその言葉に逸《はや》る心を抑えて、

「はて、誰がいったい」

と、落ちついて男の話を聞き出した。

男の話によると――。

三日前のこと、奥向きに呉服を届けた折に、一人の奥女中がすれ違いざまに、

「三田同朋町、常磐津の師匠、お才さんにこれを……」

と言って、紙切れを袖に放りこんだというのだ。

武家屋敷の奥向きは、江戸城大奥ほどではないにしろ、男子禁制が建前である。

それ故に、出入りの呉服屋の奉公人は、奥女中達が接触できる数少ない男子であるから、時として付け文をされることもある。

その類《たぐい》かと思いきや、女中はお才の名をそっと告げたという。女中がお文であることは明らかだ。

このようなことが露見すると大目玉を喰《く》うのだが、この手代は以前、他の女中から付け文されたところを、どうやらお文に目撃されていたようだ。

断って、それを告げ口されては困る故、今日、何とか外廻《そとまわ》りの用の隙間を縫って、届けにやってきたのである。

「とにかく、これは御内聞に……」

懇願する手代に、

「御心配には及びませんよ。お前さまに文を託したお女中のことは察しがつきます。

下手なことを言えば、そのお女中も叱《しか》られますからねえ。どうもお世話さまでしたね」

そう言うと、さっと心付けを握らせて、紙切れを受け取った。

話のわかる人でよかったと、手代は、どうせわかることとはいえ、屋号も名も問わず、さらりと話を済ませたお才に感謝しつつ、慌しく立ち去った。

途端、お才の胸の動悸《どうき》が高まった。

手代は、紙切れを託した女中が首を吊って死んだということをまだ知らなかったようだ。

もし、わかっていたら、気味悪がって、紙切れを捨ててしまっていたかもしれない。

三日前というと、お文が首を吊ったと言われている日である。

よくぞ届いたものである。

お文は何を自分に訴えようとしていたのか……。

お才は大きく息を吸い込むと、家の内へと入った。

中では、竜蔵と清十郎が待ち構えていた。

恐る恐る折り畳まれた紙切れを開いてみると――。

〝湯島の天神　戸隠《とがくし》　お懐しく思い参らせ候《そうろう》〟

ただそれだけが、書きなぐってあった。

四

「湯島の天神、戸隠……か」

竜蔵が腕組みをして唸《うな》った。

戸隠は湯島天神社の摂社《せっしゃ》で、ここの木立からは、不忍池が一望できて、池の中島《なかのしま》の弁財天《べんざいてん》、上野山の風景と合わせて、真に眺めが良い。

「お文ちゃんが子供の頃は、よく一緒に湯島天神に行ったことがあった……」

お才が思い出すに、宅間大炊介の屋敷は、湯島天神のすぐ西方にあり、大炊介の妻女は時折この社に参拝することを楽しみにしていて、お文はその度に供をしていたという。

そして、妻女もまた戸隠社から眺める景色が好きで、湯島天神での参拝をすませると、裏手に回って戸隠社の木立の中から展望を楽しむのだと、宿下がりの折に、お文から聞いていた。

「お文ちゃんはいったい、あたしに何を伝えようと思ったんだろう……」

懸命に首を捻《ひね》ってみても、お才にはこの短い文が、お文の死とどう繋がるのかがまるでわからなかった。

「しかし、お文殿とやらが、切羽詰った様子が窺《うかが》い知れる……」

清十郎が静かに言った。

紙切れは、何かの帳面らしき物の切れ端で、眉墨《まゆずみ》で書いたように思われる。

何とかして、身動きがままならぬ奥向きの中、外のお才に伝えようとした苦心の跡が見うけられた。

宛名《あてな》を書かず、呉服屋の手代に囁《ささや》いたのも、一見して意味不明の文を書いたのも、露見した時のお才への迷惑を慮《おもんぱか》ってのことではなかったか。

それでも、お才に伝えずにいられなかったこととは何であろう。

「とにかくお才、明日、湯島天神へ行ってみようじゃねえか。何か思い出すかもしれねえよ」

竜蔵は、慌ててみても、お文も夏目仙四郎も帰っては来ないのだから、落ち着いて考えてみればよいではないかとお才に言った。

その日は、清十郎も早速あらわれた新たなる謎《なぞ》に、やや興奮の面持ちで佐原邸に戻り、竜蔵は約束通り、翌日は夜明けと共に起きて、日課の素振りと型の稽古をすませ、お才の供をして湯島天神に行った。

かつて御門《みかど》が南朝、北朝に分かれていた頃――京都北野天満宮の分霊を勧請《かんじょう》し、この地の祠《ほこら》に祀《まつ》って以来、学問の神は言うに及ばず、芸能の神、書道の神として崇《あが》められているのがこの社である。

書道の神となると捨ておけず、竹中庄太夫も同行した。

竜蔵が勧めてのことであるが、お才と二人で行けば、湯島天神には縁結びの神とてあるものを――。

いい女だ、いい男だと想い合いながら、いつまでも兄妹分の域から出られない、竜蔵とお才であった。

とはいえ、お文の死への疑念がさらに深まる今、そんな浮いた気持ちなどまるで持ち合わせていない二人は、庄太夫を従え力強い足取りで天神坂を登り、境内へと入った。

門前には料理茶屋が立ち並び、境内には、茶店、休み処《どころ》、楊弓場《ようきゅうば》、さらに宮地芝居の小屋などがあり、大いに賑わっている。

「おオ、お文ちゃんはここが好きだったのかい」

「ええ、何かっていうとここへ行こうって……。河田屋の旦那さんはなかなか粋なお人だけど、お文ちゃんには、あんまり賑やかな所に行ってもらいたくはなかったんだよ」

「娘を持つ、親の弱いところかな……」

庄太夫が照りつける陽光に目を細めた。

この日は朝から汗ばむ陽気である。

「でもここは学問の神様がおいでだからってことで仕方なく……」

「そいつは考えたな」

竜蔵は、不良娘のお才の手を引き、元気いっぱいに町を行く、子供の頃のお文の姿を思い浮かべて切なくなった。

〝お懐しく思い参らせ候〟

お才は何度もその言葉を呟きながら、境内を見廻して、本殿へと進んだ。

母・お園の死に直面し、ぐれている場合でなくなったお才は、三味線芸者の真似事《まねごと》をしながら糊口《ここう》を凌ぎ、芸に精進し始めた。

今思えば、お文にかこつけて、河田屋三郎兵衛は、お才のことを励ましてくれたのかもしれなかった。

しっかり者の女中を供につけ、お文にお才を誘うように言ってくれたのではなかったか……。

竜蔵、庄太夫と共に、本殿で参拝をすませると、お才は二人を連れて、社の裏手にある戸隠社へ向かった。

子供の頃、お文はこの間を、いつもお才の手を引いて小走りに通り過ぎたものだ。

小さな祠の向こうに広がる木立に足を踏み入れると、北方の眼下に不忍池が一望できた。

「はぁーッ！」

ここへ来るとお文は、大きく息をついた。

〝お懐しく思い参らせ候〟

もう一度お才はその言葉を呟いた。

「おお、いい景色だなあ。庄さん、お参りもしたし、これで代書屋は繁盛間違いないぜ」

絶景に感嘆する竜蔵と庄太夫の傍で、お文が書いてよこした言葉通り、お才もまた、久し振りに訪れたこの湯島の丘で、あれこれ懐しさに浸っていた。

しかし、こんな思い出に浸ってくれるようにと、お文が件《くだん》の紙切れを、呉服屋の手代に託したわけではあるまい。

「もし、夏目様が死んでしまうようなことがあったら、わたしもすぐに後を追って死んでしまうわ……」

例えばそんなことを、お文はここでお才に言ったことがあっただろうか。

いいや、そんなことはなかった。夏目仙四郎との恋を知らされてから、二人でここへ来たことはなかったはずだ。

あれこれ想ううち、お才の頭は割れそうに痛んだ。

「さてと、今日の所は引き上げるか……」

お才の苦悶《くもん》を見てとって、竜蔵が爽《さわ》やかな表情で言った。

「なに、こんなにいい景色を拝めるなら、何度付き合ってもいいよ。なあ、庄さん……」

「はい。まったくもって……」

庄太夫の顔もほがらかだ。

お才はこっくりと頷くと、その日は湯島から引きあげた。

それから数日の間――。

何事もなく時が過ぎた。

お才は件の紙切れを見つめては、記憶をたどるが、これといったことは思い浮かばずに悶々《もんもん》として過ごした。

それでも、竜蔵が稽古の合間、何かというと覗《のぞ》いてくれたので心強かった。

この間、竹中庄太夫が、宅間邸に出入りする呉服屋が〝彦《ひこ》ざわ〟という店であることを、代書で出入りしている芝口の呉服店から仕入れてきた。

竜蔵は編笠《あみがさ》を目深に被《かぶ》り、着流しに大刀を落とし差しにした微行姿で、大伝馬町《おおでんまちょう》にある〝彦ざわ〟に出向き、先日、お才に件の紙切れを手渡しに来た手代の姿を窺い見た。

その様子では、手代に何か異変が起きたとは思われなかった。

あれから、呉服の搬入や見立てには出かけていないようであったし、お文からあの紙切れを受け取ったことは、誰にも知られていないに違いない。

それは、ともかくお才の身が安全であることを意味していた。

いざともなれば、何処《どこ》か安全な所にお才を預けた方がよいかもしれぬと思っていたが、今はその心配はないようである。

用心深いお才は、女一人のこととて、何か起こった時にと、寝間の押入れに仕掛けをして、そこから路地へ人知れず出られる隠し扉をつけていた。

これは竜蔵がお才に用心の極意を尋ねられて勧めたものであるが、こんなところで、役に立つとは思わなかった。

やはり日頃の用心は大事なことだと、却《かえ》ってお才に教えられた気がした。

こうして、兄貴分の竜蔵に見守られ、日夜紙切れの意を求めるお才であったが、程なく、峡竜蔵道場に、一通りの調べを終えた、眞壁清十郎がやって来た。

折しも、竜蔵は神森新吾と、今度の一件に興奮を覚え、この数日、熱心に木太刀を取る竹中庄太夫に、型の稽古をつけていた。

「ほう、見事なものでござるな……」

自ら演武して見せる竜蔵の姿に、清十郎は、今は門人二人の前のことと、畏《かしこ》まったものの言いようで感心してみせた。

そういう生真面目《きまじめ》さに、竜蔵の方も感心して、

「清さんがせっかく道場に来てくれたんだ。稽古の相手をお願いしたいところだが、やはり、話が気になる。まず聞かせて頂こう……」

宮仕えの身ながら、有るか無きか知れぬことにここまで骨を折ってくれる友に敬意を表し、母屋の居間へと請《しょう》じ入れた。

新吾が遣いに出て、すぐにお才もやって来た。常磐津の稽古は休みにしたらしい。

思えば道場は何度か訪ねたが、母屋の居間には上がったことのないお才であった。

存外部屋は片付いている。

といっても、そもそも文机《ふづくえ》と行灯《あんどん》の他は刀架《とうか》くらいしか調度は無いようだ。

清十郎、庄太夫、新吾も居並んでいるというのに、どういうわけか、この部屋で見る竜蔵は、いつもの兄貴分である彼と違って見えて、お才の胸の内を一瞬ドキリとさせた。

しかし、清十郎の来訪に、お才以上に気が逸る、今の竜蔵には、そんなお才のいかにも女らしい動揺はまるで通じない。

「清さん、何かわかったかい」

お才が座につくや、急《せ》き立てるように清十郎へ報告を迫った。

「大したことも摑めなかったが、おもしろい話を耳に致した」

「おもしろい話……」

竜蔵は食い入るように清十郎を見た。

「宅間様は御大身《たいしん》とはいえ、無役の千五百石にしてはどうも内福ではないかと……」

「内福……、そういえば、お文ちゃんがあたしに、近頃の御旗本は貧乏だと聞いていたけど千五百石ともなれば、奥向きもきらびやかで贅沢《ぜいたく》で、お殿様もお忍びで随分とお遊びになられて、奥方様のご機嫌が悪くて困りものだわと言っていましたねえ

「……」

　お才の言葉に、清十郎は大きく頷いて、

「まったくその通りでござってな。何より人の目を引くのが、書画、骨董《こっとう》、茶道具の収集だそうな」

「それはまた、金回りがよろしいようで……」

と、首を傾げる庄太夫の横で、新吾も嘆息した。

　四十俵取りの貧乏御家人の倅で、収集どころか、家重代の骨董を売りに行っている新吾には、腹だたしい話だ。

　宅間大炊介は、それに止《とど》まらず、茶の湯に凝り、何かというと屋敷に客を招き茶会を開いているという。

「それが、この客というのが、どう見ても茶の湯などに通じているとは思えない、品の無い顔をした男達ばかりだというからおもしろい」

　清十郎が話を続けた。

「お才、お文ちゃんは、茶会のことなど話したかい」

「お殿様は、茶の湯好きとは思えないのに、茶会だけはよくお開きになると言ってたねえ」

「馬鹿が格好つけているんだろう。そんな連中しか集まらねえとは宅間の御家もたかがしれているねえ……」

「今のところは、おもしろい話と言って、それくらいのものだ。役に立てずに申し訳ござらぬ」

清十郎は面目ないと俯《うつむ》いた。

「それだけわかればありがたいよ。なあ庄さん」

「石高以上に羽振りがよいということは、何か割りのいい内職でもあるのでしょうか」

「そうかもしれぬな。庄さんの代書屋みてえなものがな」

と、竜蔵は庄太夫をからかうように言いつつ、旗本の暮らし振りというものがまるで理解できなかった。

「それにしても旗本屋敷ってものは、面倒くせえもんだなあ。表向きだとか、奥向きだとか。新吾、お前の屋敷にもあるのかい」

「貧乏御家人の家に、表も奥もありません」

「そりゃあそうだな。貧乏人は寄り集まらねえと生きちゃいけねえもんだ」

「しかし、大勢が共に暮らす旗本屋敷では、表と奥は公私の別を表わし、秩序、規律を保つためにはなくてはならぬもの。当家の屋敷内は、それによって皆が幸せに暮らしてござる」

清十郎は佐原家中は、何ひとつ人に笑われることはないと、むきになって言った。

「わかってますよ。佐原様は立派な御旗本だ。ちょっと言ってみただけだよ。だがよう、年頃の娘が奥向きの不自由な暮らしに縛られて、気の毒なことだ。そうだ……、お才、お文ちゃんと夏目仙四郎は恋仲だったっていうが、どうやって惚《ほ》れ合っていったんだ」

「それは……」

「何か聞いているんだろ。言えよ」

「恋文を何度も交わしたそうだよ」

「恋文か……。どうやってやり取りをするんだ」

「奥向きの庭を掃除するのはお文ちゃんのお役だったそうで、その折に、庭石の上にある小さな置灯籠《おきとうろう》の下にすべり込ませておくんだとさ」

小さな石灯籠には、五分《ぶ》（約一・五センチ）ばかりの脚が四角にあり、文をすべり込ませるには最適である。

「考えたな。それで夏目仙四郎は、何かというと庭先を通って、何食わぬ顔をしてそれを受け取ったり、すべり込ませたりしていたわけだ」

失笑する竜蔵の傍で、当家の屋敷でもありそうなことだと、清十郎は渋い表情を作った。

「お文ちゃん、そういうところは知恵があるから……」

そっと庭の置灯籠に、胸を焦がしつつ付け文をするお文の姿を思うと、お才は何ともやりきれずに声を詰らせた。

しかし、その刹那《せつな》、お才にある記憶が蘇《よみがえ》ってきた。お才は件の紙切れを帯の間から取り出して、じっくりと眺めて――。

「そうだ……！　戸隠……！」

はっとして腰を浮かしたお才を見て、四人の武士は勢い込んで、

「お才、何か思い出したかい！」

竜蔵の言葉に一斉に前のめりとなった。

「まだお昼だね！　あたしはこれから湯島へ行くよ！」

何かに憑《つ》かれたように、立ち上がり部屋をとび出すお才を男達が追った。

それからは、お才に竜蔵と清十郎が付き添い、男二人が走ればお才は駕籠《かご》に、疲れ

たら船に乗り、三人は湯島天神に着いた。

お才が向かったのは戸隠社の祠であった。

「祠の階の裏側に隙間があるんだな」

さすがに鍛えあげられた峡竜蔵――息はひとつも乱れていない。

「そこにお文殿が、奥方の供でここへ訪れた折、何かを隠したと言うのじゃな」

こちらも息を切らさず落ち着いた声で、清十郎が続けた。

「どうかはわかりませんが、お文ちゃん、子供の頃、よくお芝居の番附《ばんづけ》をここへ隠していたんですよ」

お文は大の芝居好きであった。これは父・三郎兵衛の影響であったのだが、娘の教育上芝居を見せるのは好ましくないことだと、三郎兵衛はお文の芝居見物を制限したり、芝居の番附を読み耽《ふけ》ることなどを窘めたりした。

それ故に、お文は三郎兵衛に叱られぬように、こっそり外で番附を買って読み漁《あさ》り、そっと戸隠社の階の隙間に隠したのであった。

時に、お才がそれをそっと引き出し、手許に置いてやることもあった――。

うっかりとそのことを忘れていたお才は、この紙切れが、どうも芝居の番附の余白をちぎったものであることに気付いたのだ。

祠の前に幸い人はいなかった。

お才はその場に屈《かが》んで、祠に続く階の裏側を覗いた。そこには確かに物を隠し置けそうな隙間があった。

恐る恐る手を差し入れてみると確かな手触り――黒く汚れた懐紙に包まれた小さな物が出て来た。

「これは……！」

竜蔵と清十郎は興奮の面持ちで頷き合うと、お才を木立の中に誘い包みを開けるよう促した。

懐紙の中からは、何か書き付けの切れ端と、亀《かめ》の甲羅《こうら》の欠片《かけら》のようなものが出て来た。

「これは、鼈甲《べっこう》だ……。うむ、読めた！」

一見して清十郎は低く唸った。

「お文ちゃん……」

お才は湯島の高台から天に向かって亡き人に呼びかけた。どんな時でも自分を慕い、励ましてくれた可愛い娘の面影を胸に……。

見守る竜蔵は、そんなお才を美しいと思った。

お才の声が天に届いたかのように、途端、ぱらぱらと雪が散らついてきた。

五

その頃――。

湯島天神の西に程近い、旗本・宅間大炊介の屋敷では茶会が開かれていた。

しかし、庭の離れに設《しつら》えられた茶室に居並ぶ客達は、何《いず》れも好事家《こうずか》の形《なり》はしているものの、目つき鋭く、挙作動作に茶道の心得が見受けられぬ。

中には宗匠頭巾《そうしょうずきん》の下に、刀疵《かたなきず》が隠されている者とて混っている。

これらの客の相手をしているのは、過日、お文の亡骸を河田屋に届けた、用人の海老原林右衛門《りんえもん》である。当主・大炊介の姿はない。

それもそのはずである。

今、この茶室で行われていることは、茶会とは名ばかりの〝取り引き〟である。

取り扱われている品は、鼈甲である。

もちろん、これ程手の込んだ取り引きであることからして、扱われている品が正規の流通を経たものでないことは容易に知れる。

日本近海には生息しない、たいまいなる南洋の海亀から得られるこの、高価な工芸品の材料は、長崎から送られた抜け荷の品であった。

宅間大炊介は養子であった。

生家はかつて長崎奉行を務めていた家柄である。次男坊の極道息子であった大炊介は、長崎帰りの不良役人共とつるみ、町方役人が立ち入れない旗本屋敷を利用して、長崎の闇《やみ》商人と繋ぎをとって、小遣稼ぎに鼈甲の抜け荷を始めた。

ちょっとした鼈甲の櫛《くし》が五両する時代である。少し持ち込むだけでもいい金になった。需要に対して正規流通品は品薄であった。

しかし、千五百石の名家・宅間家の養子にうまく収まったのだ。ややこしい金稼ぎなどやめて、立派な旗本として暮らしていけばよいものを、二十五歳で養子となり、三十歳にして家督を継ぐと、それまでは大人しくしていた無頼の血が沸々と湧《わ》き出たのであろうか、思うがままになる屋敷内を使って、怪し気な茶会を始めたのであった。

宅間家の養子になるや、大炊介の取り巻きとなった家来共も、さすがにこの悪事を打ち明けられた時は尻込《しりご》みをしたが、取り引きが順調に回りだし、大炊介から分け前を与えられると、すっかりこの茶会にのめり込んでしまった。

長崎から自邸宛に届けさせた鼈甲を、江戸の密売人五人に売り渡す――これで得た巨利で、大炊介は屋敷を脱け出しては、忍びで遊里へと繰り出し、遊び呆《ほう》けていた。

家付き娘である奥方は、夫の遊びに気付いてはいるものの、自尊心が強く、贅沢で派手好きな気性を見事に衝《つ》かれ、

「余は茶道具などの目利きが出来るのだ……」

それで謝礼などが入るという、あまりに見えすいた夫の嘘を信じ、その金で大名家の奥方並みの暮らしを送ることで、すっかりと丸めこまれている。

旗本千五百石の名家といえども、長年の太平が続くと、暮らしに困らぬ故に怠惰になり、それでいて物欲、金欲はあるから、信じられぬ程に、幼稚で短絡的な悪事に陥る——そんな者達で溢れてくる。

大炊介はそこに突如舞い降りた疫病神と言えよう。

しかし、この疫病神は、巧みにあっという間に、家中の者から奥方までを掌中に取り込んでしまったのだ。

この日も茶会は終わった。

中奥の居室に居る宅間大炊介の許に、客人を送り出した海老原が、茶道具を入れる箱を持ってやって来た。

「本日もつつが無く……」

差し出した箱の中から、シャリンという小判の音がした。

今日の取り引きだけで百両からの利があがるらしい。

「その後、何も変わったことはないか……」

金があがっても、大炊介に笑顔はなく、神経質そうに目を瞬《しばたた》かせている。やたらと茶会を開くことの言い訳に、書画骨董などの収集家を自負し、好事家の振りをしている大炊介だが、そういう知性が醸し出す品格というものが、千五百石の殿様というのに微塵《みじん》も感じられない。

「はい。とりたてて何もござりませぬ」

海老原が低頭した。

「河田屋は騒ぎ立てておらぬか」

「騒ぎ立てたとて詮なきことを三郎兵衛は心得ておりましょう。当家としては、恋に悩み自害して果てた娘を懇《ねんご》ろに葬《とむら》い、亡骸まで戻してやったのです。何も恨まれることはござりませぬ」

しゃあしゃあと言ってのける海老原を見て、大炊介は失笑した。

「恨まれることはないとは、よう言うたの……」

河田屋の愛娘《まなむすめ》を、近習《きんじゅ》達数人と共に、縄で絞め殺したのは、海老原本人ではないか。

「夏目仙四郎からお文は何も受け取ってはおらなんだかのう……」

大炊介はこのところ、それはかりが気にかかっているのである。

夏目仙四郎は、父親の死によって、奥用人の職を引き継いだのだが、万事融通がきいて、大炊介の悪業を見て見ぬ振りをしつつ、巧みに世渡りをした父と違って、余りにも潔癖であった。

臣たるもの、命をかけてでも主君の非は糺《ただ》さねばならぬ――。

若い仙四郎は、奥向きの用を務める身として、その意気込みでいた。

そして、主君、奥方の奢侈《しゃし》を諌《いさ》めるうちに、頻繁に催される茶会の仕組に気付いてしまった。

時折、長崎から送られて来る荷が、大炊介の美術品収集によるものと思っていたが、これがまさか、抜け荷の品とは――。

当然の如く、仙四郎はその日の内に主君を諌め、主・大炊介は当然の如く、金で黙らせようとした。

しかし、仙四郎の若き純情はそれを許さなかった。

「このままではあの聖人は、思いつめて何をしでかすかしれぬぞ……」

大炊介がうんざりする程、仙四郎は金子《きんす》を固辞し、抜け荷をやめるよう迫ったのである。

旗本は屋敷内で家来を手討ちにすることが許されているが、それでは騒動が起こる。

「仕方ございませぬな。事故と見せかけあ奴を始末してしまいましょう……」

そう持ちかけたのは海老原であった。

壮年の用人である海老原は、若造の仙四郎にかつて、用人としての勤務怠慢を詰《なじ》られ、予《かね》てより仙四郎に意趣があった。

大炊介はこれを受けいれ、知行所の名主に慶事があるので祝いの品を届けるよう仙四郎に急な出張を命じたのである。

その際、大炊介は仙四郎を欺くため、今までの不心得を恥じて、考えを改めると、誓って見せた。

海老原は家中でも手練《てだれ》の士を二人付け、さらに腕利きの浪人を雇い、伊豆への道中、山間《やまあい》の道で待ち伏せさせて、三人で峰打《みねう》ちに襲い、崖《がけ》から突き落としたのである。

まんまと事故死に仕立てたまではよかった。

しかし、その後、仙四郎が持仏堂に隠し置いてあった鼈甲の一片と、納品の際の書き付けの一部を持ち出していたのではないかという疑念が生じた。

仙四郎もなかなかに抜け目なく、抜け荷の証拠になる物をまず盗み出し、これを件の置灯籠の下にすべり込ませてから、大炊介に抜け荷をやめるよう諫言《かんげん》したのである。

不興を買えば、殺されるやもしれぬし、幽閉される恐れもある。もしやの折のためにと、恋仲のお文に、人目にさらさず、隠し置いてもらいたい。紙包みの中身は改めぬようにと一筆添えて託したのだ。

清廉潔白な仙四郎は、お文への恋情に負けて、人目を忍んで付け文をしていることに罪悪感を覚えていたのだが、二人だけの秘密がこのようなことで役に立つとは、思いもかけなかったであろう。

結果的にこれがお文の命をも奪ってしまうことになるのであるが、この時の夏目仙四郎は、用人の海老原から生意気だと睨《にら》まれていて、家中にお文の他、味方が一人もいなかったのだ。そして仙四郎は、自分が殺されるようなことがあれば、宅間の御家は、ただの賊の一味と成り下がるであろう。そのような旗本は将軍家にとっては獅子《し》身中《しんちゅう》の虫でしかない。滅びるべきだ。お文を危険にさらすことになるが、お文とて旗本家に奉公にあがったからには、将軍家に尽くす義務がある――。そう考えたのだ。

仙四郎がもう十歳年月を重ねていれば、お文を巻き込んでいなかったかもしれない。

若い者が奥用人というそれなりの地位を得て、己が使命感に酔うと、ともすれば独善に陥る。ある意味、お文はその被害者であった。

恋に焦がれる乙女は、仙四郎に一事を託された嬉《うれ》しさに、何としてもこの紙包みを守ろうと、奥方が湯島天神参拝の折、これを持って供の列に加わり、戸隠社で絶景を楽しむ一行の目を盗み、まんまと階の隙間に滑り込ませた。

しかしその後、仙四郎の死を知り、お文は悲嘆に暮れた。切ない想いを文に綴《つづ》って、河田屋とお才に送った後、事故死と言われた仙四郎の死に、あの紙包みが深く関《かか》わっているのではないかと思い始めた。言いつけ通り、紙包みの中身を改めなかったことを悔やみもした。

もちろん、見ぬが身の為との仙四郎の気遣いであったし、件の茶会のことも、抜荷のこともお文に洩《も》らすような仙四郎ではなかった。

しかし、仙四郎とお文が恋仲であったという噂は、海老原の方でも摑んでいて、お文への監視の目が日毎《ひごと》強まっていた。

利発なお文はそれを察し、不用意に文を書けばこれを検閲される恐れがあると考え、出入りの呉服店の手代に、芝居の番附の余白を破り、眉墨で走り書きしたものをお才に届けてくれるよう託した。

そしてそれだけでは居ても立ってもいられず、仙四郎の死因を確かめたくて、その夜、大炊介と海老原が、離れ座敷で密談しているのをそっと窺おうとしたところを見つけられ、口封じにと殺害されたのだ。

「だが海老原、いきなりお文の口を封じたのではまずかったのではないか。夏目仙四郎から何か渡されたものはなかったか問い詰めてからでもよかったのだ」

大炊介は相変わらずそのことを口にして、海老原を詰った。存外、小心であるようだ。

「殿、夏目仙四郎が死んでもう一月にもなりまする。あ奴がお文に何か託していたとしても、奥勤めの身ではそれをどうすることもできますまいし、この間何も変わったことはござりませぬ。心配する程のことは何も……」

「うむ……」

「当家は、東照神君家康公にお仕えして以来の直参旗本。ちょっとやそっとのことではびくともしませぬ。町の御用聞きなども飼い慣らしてござりますれば、御心配無用にござりまする……。ただ、茶会はしばしの間、控えた方がよろしいかもしれませぬな」

「仕方あるまいのう……。しかし、夏目仙四郎のような堅物が、知らぬ間に奥女中と通じていたとはな。ふッ、ふッ、お文も哀れな女よのう……」

不安は消えぬものの、どうともなると、この悪縁の主従は高を括《くく》っていたのであるが——。

その数日後の昼下がり。

宅間屋敷を一人の浪人が訪ねてきた。

御勝手門で門番に、

「某は、峡剣樹《けんじゅ》と申す者にござるが、御用人にお取り次ぎ願いたい」

と、案内を請うた浪人は、身形《みなり》も粗末で無精髭《ぶしょうひげ》を生やしている。

「御用人をお訪ねとな……」

怪訝《けげん》な目を向ける番人に、これを渡してもらえればすぐにわかるはずだと、峡剣樹なる浪人は一通の書き付けを手渡した。

落ち着き払った浪人の様子に、門番はひとまず取り次ぎに入り、峡剣樹は門の脇の詰所で待った。

やがて、海老原が近習二人を従え、やって来た。平静を保っているが、目の奥には動揺が浮かんでいた。

それもそのはずである。

峡剣樹なる浪人は峡竜蔵その人で、彼が門番に託した書き付けには、〝先般不慮の死を遂げし、夏目仙四郎殿がこと、お聞かせ願いたく存じ候〟と記されてあったのだ。

「峡剣樹殿と申されたな」

「いかにも……」

嘘ではない。竜蔵にかつて、亡師・藤川弥司郎右衛門が戯《たわむ》れにつけた号である。

剣樹とは、枝葉すべてが剣から成るという地獄の樹木という意で、滅多に使うことはないが竜蔵はこれを気に入って我が号としているのだ。〝けんじゅ〟という響きは聞くだけだと学者風でよいと思ったのだ。

「まず、屋敷の内へお通り下され……」

「ああ、それには及びませぬ。某は、夏目殿とはちょっとした付き合いがござってな。伊豆の山中で谷底へ落ちて亡くなったと聞いて、無念に思うていたところ、どういうわけか、某の許にこの書き付けと共に何やらけ体《たい》な物が届けられましてな。見れば長崎の商人から、宅間様宛の書き付けと、これは……鼈甲にござりまするかな」

と、竜蔵は鼈甲の一片と、納品の書き付けを見せた。たちまち海老原の体が硬直した。

「はて、そのようなものは……」

「御存知ござらぬか。夏目殿が何故、某の住居にこれを届けたか。お聞きすれば何かわかるかと思うたのでござるが」

「生憎《あいにく》でござるが……」

「知るわけもござらぬか……。湯島・宅間様へ、鼈甲が二十斤……。そうでござろうな。これ程の数の鼈甲が武家屋敷に届くはずはござるまい。尋ねようにも夏目殿は死んでしもうた。左様か、覚えなどござらぬか」

「その書き付けと、鼈甲らしき物は何者がどのように届けたのでござるかな」

海老原は、落ち着けと大炊介には言ったものの、今は自分の声の震えを抑えるのがやっとである。

「いやそれが、某、野中の一軒家に独り住まいの身でござってな。ある日戻ってみれば、これが家の中に置いてあったというわけで」

「ほう、それは真にけ体なことにござるな」

「いかにも、真にけ体で」

「して、峡殿は、夏目とはどのような知り合いでござったのかな」

「いや、奥用人を務められる以前に、偶然町場で出会いましてな。破落戸《ごろつき》の浪人共に絡まれているところを助けてもらったのでござりまする。某、見かけはなかなか強そうに見られるのですが、まったく腕が立ちませんでな。はッ、はッ、それにしても惜しい人を亡くしたものでござるな。いや、お邪魔を致した。御用人ならば御存知かと思うたが、この上は書き付けと鼈甲が何を意味しているか、調べてみると致しましょう。御免下され……」

竜蔵はそう言い置くと、さっさとその場を立ち去った。その姿は朴訥《ぼくとつ》で、少し間が抜けた浪人者に見えた。

近習の一人が、海老原に頷くと、そっと竜蔵の後をつけた。

取り逃がさぬよう、海老原は、もう一人にも顎《あご》をしゃくった。

この近習二人は、夏目仙四郎を襲撃し、お文を絞殺した腕に覚えのある者共である。

師走の風は冷たさを増し、呆然《ぼうぜん》として勝手門に立ちつくす海老原の顔を醜く歪《ゆが》めた――。

六

「ああ寒い……。餅を買ってきましたよ……」

神森新吾が小屋にとびこんできた。

「おっ、それはよい。体が温まる……」

小屋の中では竹中庄太夫が粗末な炉に火をおこしていた。二人は百姓の形をしている。

小屋は辺り一面に広がる田畑の中にポツリと建っている。野良仕事の合間の休憩所として、雨宿りの場として近在の百姓が建てた、六畳分くらいしかない小さな掘建《ほった》て小屋だ。

庄太夫と新吾の他にもう一人、眞壁清十郎の姿が見える。百姓姿の二人は、この小屋に籠《こも》り続ける清十郎の世話のため、敵に怪しまれずにあれこれ、遠く向こうに見える百姓家との繋ぎをとるため、このような変装をしているのである。

そして、件の百姓家には、今、峡竜蔵がただ一人、黙然として端座していた。

そこは、浅草橋場の渡し場の西南、鏡ケ池の辺に位置する、竜蔵の兄弟子にして、綾の父・森原太兵衛が終《つい》の栖《すみか》に定め、安らかに最期の時を迎えた所である。太兵衛が死んで後、この百姓家はそのまま残されていた。

そこが、〝峡剣樹〟が住むという、野中の一軒家であった。

竜蔵はあれから、宅間家の近習二人がつけてくることを予見し、五感に追尾者の気配を感じつつ、俄住居のこの百姓家に入った。

あの日、お文からお才の手に渡った、書き付けと鼈甲の一片は、確かに宅間家で行われている抜け荷の証《あかし》であることは、近習の動きで明らかとなった。

夏目仙四郎が持ち出したと思われるこの品を、何故この峡剣樹なる浪人が持っているのか。いつの間に仙四郎がこれを浪人に託す手段をとっていたか……。

海老原から報告を受けた大炊介は、とにかく証拠の品を、得体の知れぬ浪人者に持っていられることが堪らなく気持ち悪かった。

近習からの報告では、峡剣樹なる男は、近頃あの百姓家を借り受け、学問三昧《ざんまい》の日々を送っているそうな。

それは、百姓家の周りを往き来していた中年の百姓から聞いたことなのだが、この中年の水呑百姓《みずのみびやくしよう》は、竹中庄太夫であった。

尾行する者の存在を予期し、小屋を拠点に、新吾と共に待ち受けていたのである。

野中の一軒家で学問三昧――この程度の浪人なら、今宵《こよい》にでも襲撃して、抜け荷の証拠を取り戻し、峡某の口を封じてしまえばよい。

犯罪に手を染める後ろめたさからくる小心。旗本名家であるという驕《おご》り……。

――奴らは必ずおれを襲いに来る。

そしてそこで勝負だと、峡竜蔵は無念無想の境地にて、今この百姓家に居る。

今日の為に、二、三日この家を借り受けたのであるが、持ち主の百姓は、森原太兵衛のことを懐しんでくれた。

優しくて強かった兄弟子の魂が、あれこれ剣の教えを語りかけてくれるような、心地良い夜が訪れていた。

そして、暗黒の闇に身を包み、この百姓家にジリジリと迫り来る不埒《ふらち》な輩《やから》の殺気を竜蔵が覚えるのに、さほどの時を要しなかった。

――堪《こら》え性のねえ奴らだ。

宅間の手の者は早くもやって来た。

あの近習二人を始め、他に腕自慢の侍が三人。さらに、海老原が夏目仙四郎殺害の折に雇った浪人がいた。小野派一刀流を遣うこの浪人は、この後、剣術指南として召し抱えられることになっていた。そしてこれらを指揮するのは、用人の海老原である。海老原もまた、若年の頃は剣術に励んだ自負がある。悪党にしては小心であるが、六人連れていれば、余裕の侍大将ぶりであった。

百姓家のことである。周囲は木立が繁り、申し訳程度の生垣で仕切られているだけだ。

海老原一味は、難なくこの家を囲んだ。

一間の内に、薄明かりが灯《とも》っている。炉にくべた火がゆらゆらと障子戸に揺らめいていた。

性急に来てしまった。まだ、峡剣樹は眠りについていないようだ――。構わず踏み込むかと海老原の下知を待つ刺客達の目の前で、一間の明かりが陰った。

その時、敵の来襲を感知した竜蔵は灯火を消し、刀の下げ緒で素早く襷《たすき》を十字にあやなし、炉に一本の松明《たいまつ》をくべた。たちまち炎をあげた松明を片手に、そして竜蔵はすっくと立った。

既に腰には愛刀藤原長綱が帯され、足は元より草鞋《わらじ》履き、さっと戸を開けると、手にした松明を庭に寄せられた枯草に向かって投げつけた。

枯草にはかねて油が含まれている。ボッと炎をあげたその明かりに、刺客共の姿が浮かびあがった。

「おのれ！」

浪人者がまず縁の上に躍りあがって、竜蔵に一刀を繰り出した。さすがに剣術指南の座を狙う男。その勢いは岩をも砕く荒波の如く激しい。

竜蔵は、これをさっとかわすと大刀を抜くや庭へ飛び降り様、憎き近習の一人を真っ二つに叩き斬った。吹きあがる血しぶきに刺客共が怯《ひる》んだところへ、さらに竜蔵は突進するや一人の腹を刺し貫いた。刀を引き抜く間を捉《とら》え、浪人者が背後から斬りつける。しかし、その一刀は、刺した一人の背中を斬った。竜蔵、刀を引き抜きつつ相手の体を入れ換えたのだ。

学問好きの木偶《でく》と侮った〝峡剣樹〟の凄腕《すごうで》に、

「かかれ、かかれ……」

と言いながら海老原は後方へ下がる。

それへさして、一人の颯爽《さっそう》たる武士が殺到した。

眞壁清十郎である――枯れ草に燃え上がった炎は、遠く見守る、あの掘建て小屋から駆け付ける合図であった。

「えい！」

清十郎は、竜蔵に斬りつけんと間合をはかる近習を駆けつけ様、袈裟《けさ》に斬った。

思わぬ新手の出現に、海老原は〝退《ひ》け〟の言葉も発せず逃げ出した。

「待たぬか！」

これに立ち塞《ふさ》がったのは神森新吾――今はもう若侍の姿に戻り、刀を振るい追い立てた。

海老原は、遮二無二《しゃにむに》新吾に斬りかかったが、清十郎の一刀に太股《ふともも》をざっくり斬られ、屈みこんだ。

「新吾！　来るなと言ったろう！」

愛弟子の姿に目を細めた竜蔵、この時既に残る一人を斬り捨てて、浪人者と決闘の最中。

味方の不利を見て、自棄《やけ》になって浪人者は、真っ向から斬りつける。

「とうッ！」

それを見切って、腕が下がりきったところを逆に真っ向から叩く——竜蔵の得意の技が決まった。

どうっと倒れる最後の一人を確かめて、竜蔵、清十郎はにこやかに頷いた。

凄《すさ》まじい剣戟《けんげき》の現場に際し、新吾はただ目を見張るばかり。

海老原は、斬られた足を押さえ、情け無くも悲鳴をあげていた。

「おぬしも武士ならば恥を知るがよい。夏目仙四郎が遺《のこ》した書き付けと、髑甲の一欠片。洗いざらいその謂《いわ》れを白状してもらうまでは、心丈夫に命長らえよ。ふッ、ふッ、ふッ……」

その傍《そば》に寄って不敵に笑ったのは、ただ今到着した、竹中庄太夫であった……。

海老原はすべてを白状した。

ただの間の抜けた浪人と思った相手が、大目付・佐原信濃守の屋敷へ剣術指南に赴く峡竜蔵なる剣客で、しかも、襲ったところに信濃守の側用人・眞壁清十郎が居合わせたのである。これは将軍に信頼厚い信濃守を敵に回すことになる。

最早《もはや》、言い逃れはできなかった。

すぐにこの一件は評定所《ひょうじょうしょ》送りとなった。

「まず、切腹は免れまいな……」

眞壁清十郎より、事件の報告を受けた時、佐原信濃守は嘆きの言葉を吐き出した。

旗本の監察は大目付の任ではないが、評定所には信濃守も出座する。

ここまで明るみとなれば、誰も庇《かば》いようがないであろう。いつか、名族・宅間家が再興叶《かな》うことを祈るばかりだ。

「勝手な真似を致しました……」

眞壁清十郎は、佐原家側用人であることを明かしたことで、主君に面倒をかけたことをただただ詫《わ》びた。

「いや、今度のことは、これくらいの騒ぎにならぬと、宅間大炊介の悪業を世間にさらすことは難しかっただろうよ。それにしても峡竜蔵は相変わらず喧嘩ったれだな……」

信濃守は愉快に笑った。

「それに清十郎、お才の仇《あだ》を、よく討ってやってくれたな。礼を申すぞ」

「何を仰せになられます。お才様の難儀を打ち捨ててはおかれぬのは、殿の臣として当り前のことでござりまする」

「峡竜蔵には礼を言わねばならぬな」

「何と仰せになられますので……」

「ふッ、ふッ、まこと、左様じゃな」

「峡先生と、お才様の方が、殿に御迷惑をかけてしまったと恐縮しておられました」

「何を恐縮することがあるのだ。お才はおれの血を分けた娘なのだ……。はッ、はッ、とはやはり言えねえな」

笑いにこめられた信濃守の哀愁に、清十郎は胸が詰った。

清十郎がお才を見守っているのは、彼の亡き両親が、お才の亡母・お園に昔一方《ひとかた》ならぬ世話になった故のこと――〝陰徳〟を積む理由をそのように竜蔵に語った清十郎であった。

しかし、やはりそうではなかった。

もう二十五年も前になろうか。

佐原家の次男坊であった信濃守康秀《やすひで》は、十次郎《じゅうじろう》と呼ばれていたその頃、どうしようもない暴れ者で、屋敷を脱け出しては、盛り場、悪所で遊び呆《ほう》けていた。

というのも、佐原家には長らく子が生まれず、信濃守の父・康長《やすなが》は、姉の子・康重《やすしげ》を養子に迎えた。ところがそれから数年して、正妻との間に十次郎が生まれたのである。

世継は兄・康重と決まっているが、実子を立てたいと思うのは世の常である。それ故、十次郎は、たわけ者になろうとした。両親、家中の者がその想いを抱くことのないよう、十次郎はたわけに成りきった。

おっとりとして、優しい兄を十次郎は誰よりも慕っていたのである。

そうして町で遊ぶうち、十次郎は、粋な三味線芸者と出会った。三味線を弾かせたら、右に出る者はなく、十次郎はその女の芸に惚れた、人を包みこむ優しい笑顔と芯の強さに惚れた。

やがて恋に落ち行く二人であったが、兄・康重が早世して、その恋は終わった。家督を継ぐべき十次郎の前から、その女は姿を消したのである。腹に十次郎の胤《たね》を宿しつつ……。

女はお園と言った。

二度と会うことのなかった二人であったが、信濃守となった後、お園が密《ひそ》かに我が子を生んでいた事実を知ることになる。

それがお才であったのだ。

「人の娘が死んだというのに申し訳ねえが、何はさて、おオが無事でよかったぜ……」

十次郎の昔の口調に戻って、つくづくと呟いた信濃守も、人の親である——。

そんなことなど知る由もないお才は、下谷上野町に〝河田屋〟を訪ねていた。

敵《かたき》を討った報告を、お文の仏前に心の内で済ませたのである。

三郎兵衛には、実はお文が殺されていたという嘆きを慰め、憎き敵はことごとく仏罰を受けたと喜びを分かち合った。

そこに、お才の兄貴分が絡んでいたことなど、今の三郎兵衛に報せるまでもなかろう。

「お才ちゃん、お前は幸せになっておくれよ……」

涙を浮かべる三郎兵衛に見送られ、お才は哀しいような、嬉しいような複雑な思いを胸に、河田屋を後にした。

「どうすることが、あたしにとって幸せなのかしらねえ……」

辻《つじ》の角まで来ると、お才の一人歩きを気遣ってついてきてくれた峡竜蔵の姿が、茶屋の長床几《ながしょうぎ》に見えた。

「おねえさん、帰ろ……」

一旦《いったん》剣を取ると鬼神のようなこの男も、お才に話しかける時は、がき大将のような愛敬が浮かぶ。

「待っててくれたのかい……」

少しぞんざいな口調で、言葉を返すと、お才の心の内に、何とも幸せな想いがこみあげた。

「わざわざついて来ることはなかったのにさ」

「なんでえ、憎まれ口かよ」

「ふッ、ふッ、話は最後までお聞きよ。色々引っ張り回して申し訳なかったからさ、その辺で一杯奢《おご》るよ」

「本当かい」

「あれこれただ働きさせちまったからね」

「気にするねえ。悪い奴らを叩っ斬って、剣の修行が出来たんだ。苦労とは思っちゃいねえよ」

「いい格好するんじゃないよ。飲みたくないのかい」

「飲みてえ……」

「じゃあ、ついておいでよ……」

おオはその目で〝ありがとう〟と竜蔵に語りかけた。余計な言葉は、この男を照れさせるだけだ。

二人はやがて連れ立って歩き始めた。

賑やかな下谷広小路はすぐそこだ。

師走の風はせわしなく道行く者達を追い立て、その人波にたちまち竜蔵とお才の姿は呑みこまれていった。

本書は、ハルキ文庫（時代小説文庫）の書き下ろしです。

時代小説文庫
お 13-2

夜《よ》鳴《な》き蟬《ぜみ》 剣客太平記《けんかくたいへいき》

著者 岡《おか》本《もと》さとる

2011年11月18日第一刷発行

発行者 角川春樹

発行所 株式会社 角川春樹事務所
〒102-0074 東京都千代田区九段南2-1-30 イタリア文化会館

電話 03(3263)5247[編集] 03(3263)5881[営業]

印刷・製本 中央精版印刷株式会社

フォーマット・デザイン&シンボルマーク 芦澤泰偉

ISBN978-4-7584-3610-6 C0193
http://www.kadokawaharuki.co.jp/[営業]
fanmail@kadokawaharuki.co.jp[編集] ご意見・ご感想をお寄せください。

時代小説文庫

ハルキ文庫

書き下ろし **代がわり** 鎌倉河岸捕物控〈十一の巻〉

佐伯泰英

富岡八幡宮の船着場、浅草、増上寺での巾着切り……
しほとの祝言を控えた政次は、事件を解決することができるか⁉
大好評シリーズ第11弾！

書き下ろし **冬の蜉《かげ》蝣《ろう》** 鎌倉河岸捕物控〈十二の巻〉

佐伯泰英

永塚小夜の息子・小太郎を付け狙う謎の人影。
その背後には小太郎の父親の影が……。祝言を間近に控えた政次、しほ、
そして金座裏を巻き込む事件の行方は？　シリーズ第12弾！

書き下ろし **独《ひと》り祝言** 鎌倉河岸捕物控〈十三の巻〉

佐伯泰英

政次としほの祝言が間近に迫っているなか、政次は、思わぬ事件に
巻き込まれてしまう——。隠密御用に奔走する政次と覚悟を決めた
しほの運命は……。大好評書き下ろし時代小説。

書き下ろし **隠居宗五郎** 鎌倉河岸捕物控〈十四の巻〉

佐伯泰英

祝言の賑わいが過ぎ去ったある日、政次としほの若夫婦は、
日本橋付近で男女三人組の掏摸を目撃する。
掏摸を取り押さえるも、背後には悪辣な掏摸集団が——。シリーズ第14弾。

書き下ろし **夢の夢** 鎌倉河岸捕物控〈十五の巻〉

佐伯泰英

船頭・彦四郎が贔屓客を送り届けた帰途、請われて乗せた美女は、
幼いころに姿を晦ました秋乃だった。数日後、すべてを棄てて秋乃とともに
失踪する彦四郎。政次と亮吉は二人を追い、奔走する。シリーズ第15弾。

書き下ろし 「鎌倉河岸捕物控」読本
佐伯泰英
著者インタビュー、鎌倉河岸案内、登場人物紹介、作品解説、
年表などのほか、シリーズ特別編『寛政元年の水遊び』を
書き下ろし掲載した、ファン待望の一冊。

書き下ろし 悲愁の剣 長崎絵師通吏辰次郎
佐伯泰英
長崎代官の季次家が抜け荷の罪で没落——。
お家再興のため、江戸へと赴いた辰次郎に次々と襲いかかる刺客の影！
一連の事件に隠された真相とは……。(解説・細谷正充)

書き下ろし 白虎の剣 長崎絵師通吏辰次郎
佐伯泰英
主家の仇を討った御用絵師・通吏辰次郎。
長崎へと戻った彼を唐人屋敷内の黄巾党が襲う！
その裏には密貿易に絡んだ陰謀が……。新シリーズ第２弾。(解説・細谷正充)

書き下ろし 異風者《いひゅもん》
佐伯泰英
異風者——九州人吉では、妥協を許さぬ反骨の士をこう呼ぶ。
幕末から維新を生き抜いた一人の武士の、
執念に彩られた人生を描く時代長篇。

書き下ろし 弦月の風 八丁堀剣客同心
鳥羽 亮
日本橋の薬種問屋に入った賊と、過去に江戸で跳梁した
兇賊・闇一味との共通点に気づいた長月隼人。
彼の許に現れた綾次と共に兇賊を追うことになるが——書き下ろし時代長篇。